오노레 드 발자크

1799년 프랑스 투르에서 태어났다. 발자크는 특히 2,500여 명의 인물이 등장하는 90여 편에 이르는 소설이 담긴 『인간극』이라는 총서의 작가로 널리 알려져 있다. 흔히 사실주의의 대표 작가로 거론되지만, 그 방대한 저작 전체를 하나의 틀 속에 가두는 것은 불가능하다. 당대의 현실을 규명하기 위한 치밀한 묘사와 분석에서부터 초현실의 환상과 신비의 세계까지 그의 작품에는 그가 살았던 세계의 거의 모든 문제가 망라되어 있다고 해도 과언이 아니다. 개별적으로 소설을 발표하던 발자크는 어느 순간 자신의 작업이 인간과 세계를 총체적으로 이해하는 작업이 되어야 함을 자각한다. 그렇게 탄생한 『인간극』은 인간사의 '결과'를 탐구하고(『풍속 연구』), '원인'을 규명하며(『철학 연구』), '원칙'을 수립하겠다는(『분석 연구』) 프로그램에 따라 작품들이 독립적인 형태로 모인 가상의 공간이다. 각각의 작품들은 이른바 '인물의 재등장 수법'으로 서로 이어지는데, 여기 실린 두 편의 소설에서 그 면모를 일부 접할 수 있다. 발자크는 19세기 전반 프랑스 사회라는 혼돈의 세계를 『인간극』을 통해 이해 가능한 질서의 세계로 바꾼다는 원대한 꿈을 꾸었다. 그 꿈은 아마도 문학이 닿을 수 있는 가장 먼 목표치일지 모른다. 발자크는 미완일 수밖에 없는 그 '세상의 거울speculum mundi'을 우리에게 남기고 1850년 세상을 떠난다.

일러두기

이 책은 Honoré de Balzac, *Melmoth réconcilié / Adieu*(Textes présentés, établis et annotés par Moïse Le Yaouanc), in *La Comédie humaine*(Nouvelle édition publiée sous la direction de Pierre-George Castex), «Bibliothèque de la Pléiade», t.X, 1979를 우리말로 옮긴 것이다.

* 원서에서 저자가 대문자나 이탤릭체로 강조한 부분은 본문에서 진한 고딕체로 바꾸었다.

* 본문의 각주는 모두 옮긴이의 것이다.

회개한 멜모스 · 아듀

이철의 옮김

서울대학교 불어불문학과와 동 대학원을 졸업했다. 『역사에서 소설로—발자크를 읽는 하나의 관점』으로 박사학위를 받았으며, 현재 상명대학교 프랑스어권지역학전공 교수로 재직 중이다. 주요 논문으로는 「발자크와 시간」 「발자크와 돈」 「발자크와 정치」 등이 있으며, 옮긴 책으로는 발자크의 『나귀 가죽』, 졸라의 『인간 짐승』 등이 있다.

회개한 멜모스 · 아듀

1판 1쇄 펴냄 2024년 2월 28일

지은이 오노레 드 발자크
옮긴이 이철의
디자인 강초록
제작 세걸음

펴낸이 박진희
펴낸곳 ㈜파롤앤
출판등록 2020년 9월 10일 (제2020-000195호)
주소 서울시 서초구 서초대로 396, 217호
parolen307@parolen.co.kr

ISBN 979-11-986524-0-9 03860

* 이 책은 2022년 상명대학교 교내연구비 지원의 결과물입니다.

MELMOTH RÉCONCILIÉ · ADIEU

회개한 멜모스 · 아듀

오노레 드 발자크 · 이철의 옮김

BAL ZAC

파 롤 앤

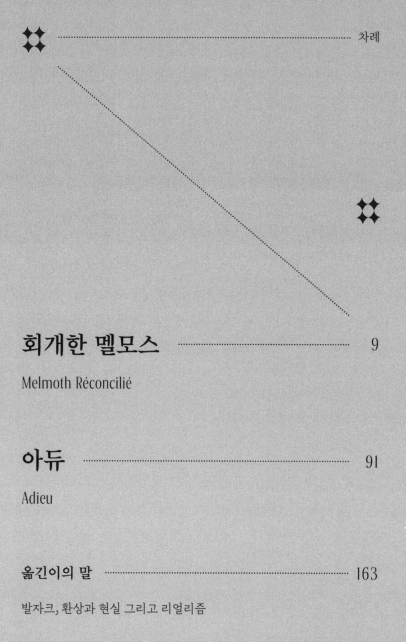

차례

MELMOTH RÉCONCILIÉ

회개한 멜모스

드 포므뢸 남작 장군님[*]께,

장군님의 아버지와 나의 아버지를 이어주었던,

그리고 그 두 분의 아들들에게로 이어진 변치 않는 우정을 기념하며,

드 발자크 드림.

식물계에서 화초 재배업자가 파종이나 꺾꽂이로는 번식시킬 수 없는 희귀한 잡종을 온실 교배를 통해 새로 만들어내듯이, 사회계에서도 문명이 빚어내는 희한한 인간종이 하나 있다. 그 인간종이란 바로 금전 출납계원인데, 영락없는 인간의 형상을 한 피조물인 그 종은 신앙심을 통해 수분을 공급받고 단두대라는 지지대로 줄기를 꼿꼿이 세우지만, 악행의 손으로 자잘하게 가지치기되면서 건물 4층^{**}에서 착한 아내와 성가신 아이들에 둘러싸여 나무처럼 자란다. 파리에 서식하는 금전 출납계원의 수가 얼마나 되는지는 두고두고 생리학자를 괴롭히는 문제로 남을 것이다. 기지항(既知項) 엑스가 금전 출납계원인 명제의 미지

---

* Gilbert de Pommereul(1774-1860): 나폴레옹 제정 시대의 귀족이자 장군. 발자크는 1828년 푸제르Fougères에 있는 장군의 저택에서 체류한 적이 있다. 거기서 발자크는 푸제르를 무대로 하는, 이듬해 자신의 이름으로 발표하는 첫 소설인 『올빼미당』을 구상하고 자료를 수집한다. 장군의 아버지인 프랑수아 드 포므뢸 François de Pommereul(1745-1823) 역시 집정정부 시대와 나폴레옹 제정 초기 장군으로서 발자크의 아버지와 막역한 사이였다.

** 배관 시설을 갖추지 못한 19세기 건물은 층별 거주비용 차이가 매우 컸다. 2층이 가장 비쌌고 올라갈수록 가격이 내려갔다.

항을 제대로 이해한 사람이 과연 있을까? 덫에 갇힌 생쥐를 앞에 둔 고양이처럼 항상 돈과 마주하고 있는 사람을 떠올려보시겠는가? 방범 철창이 쳐진 좁은 공간 속에서 일 년의 7/8을 매일 7시간에서 8시간 동안 등나무 의자에 궁둥이를 붙이고 앉아 선박 조타실에 못 박혀 있는 항해사보다도 덜 움직이는 재주를 지닌 사람을 떠올려보시겠는가? 그런 일에 종사하면서도 무릎이나 골반 관절에 경직이 일어나지 않는 사람을 떠올려보시겠는가? 왜소하다고 할 만한 몸집을 가진 사람은? 돈을 하도 많이 다루어서 돈이라면 신물이 날 법한 사람은? 이 피조물에 대해 어떤 **종교**든, 어떤 **도덕**이든, 어떤 학교든 택해서 물어보시라, 아무 연구소나 붙잡고 문의해보시라. 그리고 금전 출납계원이 서식하는 곳이 다름 아닌 온갖 유혹의 도시, **지옥의 지부인 파리**라는 정보를 알려주시라. 그러면 각종 종교가 줄줄이 등장해 답할 것이다. 각종 학교, 연구소, 도덕 등 인간계의 크고 작은 온갖 규범이 당신 앞에 나타날 것이다. 그리고 당신이 제일 친한 친구에게 천 프랑 지폐 한 장***을 빌려달라고 부탁할 때와 같은 광경이 벌어질 것이다. 인간계의 그 규범들은 침통한 표정에 오만상을 찌푸리며 당신에게 단두대를 가리킬 것이다. 당신 친구가 당신에게 교화소로 들어가는 수많은 문 중 하나인 고리대금업자

*** 당시 프랑스 중앙은행에서 발행된 지폐는 5백 프랑과 천 프랑 두 종류의 고액권뿐이었다. 이 소설에서 돈의 액수는 중요한 역할을 한다. 당시 프랑 가치는 대략 오늘날 3유로에 해당한다. 현재 원화로는 약 4,000원 이상으로 환산하면 이해가 쉬울 것이다. 참고로 당시 프랑스 공무원의 연 소득이 1,000프랑에서 3,000프랑 사이였고, 농민과 노동자의 소득은 연 300프랑을 넘지 않았다.

의 사무실을 알려줄 것처럼 말이다. 사정이 그렇긴 하지만 도덕의 세계도 원래 변덕이 죽 끓듯 하는 곳이라서 그 안에는 간간이 정직한 사람들도 있고 금전 출납계원들도 있다. 그러므로 우리가 은행가라는 이름으로 근사하게 치장해서 부르지만, 실은 사략선(私掠船) 선장이 나포허가증을 받듯 국가로부터 거액의 금전 취급 면허증을 받은 해적들인 그들은 덕성의 부화기에서 나온 그 희귀한 피조물들에 대한 경애의 마음이 대단해서 마치 국가가 진귀한 동물들을 보호하듯 그들을 성심껏 보호하기 위해 쇠창살이 쳐진 그 좁은 공간 안에 가둬놓는 것이다. 만일 그 출납계원이 꿍꿍이속이라도 있다면, 걱정거리가 있다면, 또는 완벽하기 그지없는 출납계원이 자기 아내를 사랑한다면, 그리고 그 아내가 생활에 불만을 느껴 야심을 품거나 아니면 그냥 허영심에 물든다면, 그렇다면 그 금전 출납계원은 흔적도 없이 사라진다. 금전 출납의 역사를 이 잡듯 뒤져보시라. 이른바 번듯한 지위라고 할 만한 자리에 올라간 출납계원의 사례를 하나도 발견하지 못할 것이다. 그들은 중죄인 감옥에 수감되거나 외국으로 도피하거나, 그것도 아니면 마레 지구 생-루이가*의 어느 집 3층에서 죽은 듯이 산다. 파리의 금전 출납계원들이 자신의 높은 내재적 가치에 대해 숙고하기라도 한다면 앞으로 출납계원한 명을 구하는 일은 부르는 게 값이 될 것이다. 어떤 사람들의 경우 금전 출납계원 말고는 할 수 있는 일이 없는 것은 사실이다. 그건 어떤 사

---

* 오늘날 튀렌 가rue de Turenne. 14세기에 그 일대에 인공으로 하천을 내서 도시의 하수구로 사용하였으나 15세기에 파리가 넓어지면서 악취가 심한 하수구를 복개해서 오늘에 이른다.

람들이 어쩔 수 없이 사기꾼이 되는 것과 마찬가지다. 참으로 이상한 문명일지니! 사회가 미덕에 대한 보상으로 결산해주는 것은, 노년을 위한 백 루이**의 연금과 3층 거처, 양껏 먹을 수 있는 빵, 새 스카프 몇 개 그리고 같이 늙어가는 아내와 줄줄이 딸린 자식들일 뿐이다. 그런데 악덕에 대해서는, 그것이 얼마간 대담성을 갖추었다면, 튀렌이 몬테쿠콜리를 피해가듯*** 법망을 교묘하게 빠져나갈 능력을 갖추었다면, 사회는 악덕이 훔친 수백만 금을 합법화해주고, 훈장을 수여하고, 온갖 영예로 도배질을 해주며 찬사를 남발한다. 게다가 **정부**는 이 부조리하기 짝이 없는 사회에 맞장구를 친다. 정부가 맡은 일이라는 것이 열여덟 살에서 스무 살 사이의 젊은이 중에서 일찌감치 재능을 보이는 인재를 선발하는 일이다. 정부는 그렇게 소집한 똑똑한 젊은이들을 무르익기도 전에 공부에 내몰아 재능을 소진하게 만드는데, 그것은 정원사가 좋은 종자를 선별하듯이 그들을 체에 쳐서 골라내는 절차이다. 정부가 이 작업에 투입한 재능 감별 전문가들은 조폐창에서 금을 시험하듯 두뇌를 시험한다. 그렇게 해서 매년 가장 뛰어난 인재 5백 명이 청운의 뜻을 품고 지원하는데, 정부는 그중에서 삼 분의 일만 뽑아 **그랑제콜**이라고 부르는 커다란 자루 속에 집어넣고 3년 동안 굴린다. 그 묘목들 하나하나는 엄청난 자원이지만 정부는 그들을 이를테면 금전 출납계원 같은 존

***

** 1루이는 20프랑에 해당하는 금화.

*** 튀렌은 루이 14세 시대 프랑스 군대의 총사령관이고 몬테쿠콜리는 신성로마제국의 총사령관이었다. 두 사령관이 이끄는 군대는 1673년 프랑스-네덜란드 전쟁에서 격돌한다.

재로 만든다. 정부는 그들을 평범한 엔지니어로 임명한 다음 포병 대위처럼 소모품으로 써먹는다. 요컨대 정부는 그들에게 하위 직급 중에서 그나마 높은 자리를 그러모아 보장해주는 것이다. 그러고 나서 뛰어난 수학 실력을 갖추고 과학 지식으로 무장한 그 엘리트들이 쉰 살이 되면 정부가 그들의 노고에 대한 보상으로 안겨주는 것이라야 고작 4층의 거처, 아내와 자식들 그리고 별 볼 일 없는 소시민의 안온한 삶일 뿐이다. 이렇게 호구 노릇을 하는 국민에게서 그래도 사회의 최정상부까지 기어오르는 천재가 대여섯 정도 나온다는 것은 그 자체로 기적이 아닌가?

이상이 진보를 자처하는 시대에 정부와 사회라는 두 측면을 통해 살펴본 재능과 미덕에 대한 정확한 최종결론이다. 이런 예비 고찰이 없다면 최근 파리에서 일어난 한 사건은 믿기 어려울 것이다. 반면, 이상의 요약을 참조한다면, 그리고 1815년 이후 돈의 원칙이 명예의 원칙을 대체한 우리 문명의 진정한 상처를 미리 내다볼 만큼 뛰어난 통찰력을 갖춘 사람들이라면 아마도 그 사건에 큰 관심을 가질 것이다.

어둑신한 어느 가을날, 저녁 다섯 시 무렵, 파리의 유력한 한 은행에 근무하는 금전 출납계원이 켜둔 지 이미 꽤 된 램프의 불빛을 받으며 여전히 자리를 지키고 있었다. 그 업계의 불문율에 따라 은행 창구는 좁고 천장이 낮은 중이층에서도 가장 어두침침한 곳에 있었다. 그곳에 가기 위해서는 이웃 건물 쪽으로 난 채광창을 통해 조명이 되는, 공중목욕탕처럼 문마다 표찰이 붙어 있는 사무실들이 죽 늘어선 복도를 지나야 했다. 건물 수위는 지침에 따라 4시부터 건조한 목소리로 "은행 창구는 닫혔습니다"라는 말을 반복했다. 그 시간이면 그곳 사무실은 이미 텅 비고, 우편물들도 전부 발송을 마쳤고, 사무실 소장의 여비서들은 애인이 오기를 기다리고, 두 명의 은행가는 각자 정부의 집에서 저녁 식사를 할 때였다. 모든 것이 평상시 그대로였다. 철통같은 보안장치가 되어 있는 금고들이 방범 철창이 쳐진 출납계원의 자리 바로 뒤에 놓여 있었고, 출납계원은 회계 정산에 여념이 없어 보였다. 철창을 통해 그 안에 있는 망치 단조(鍛造) 흔적이 역력한 철제 캐비닛이 보였고, 최신 철물 제조기술의 발명 덕분에 엄청난 무게가 나가게 된 그것은 설사 도둑들이 떼로 들어왔다 해도 들고 나갈 수 없었을 것이다. 그 방 출입문은 암호를 정확하게 작성할 수 있는 이의 의지에만 반응해 열리는데, 자물쇠의 글자 조합에 절대 누설될 수 없는 비밀이 담긴 그 암호는 『천일야화』에 나오는 "열려라, 참깨!"의 근사한 현실판이라 할 것이다. 그런데 그 정도는 아직 아무것도 아니었다. 그 자물쇠는 설사 암호는 훔쳤어도 최종 비밀, 그러니까 그 용 모양 기계장치의 울티마 라티오*가 있는 줄은 모르는 자의 면상에 화승총 탄환을 발사했다. 그 방의 문과 사방 벽, 창문의 덧문 등, 그 방의 모든 부분은 얇은 목재 패널처럼 보이지만 실은 두께 4리뉴**인 철판이 보강재로 덧대어 있었다. 덧문은 모두 밀어 올려져 있었고 출입문은 닫혀 있었다. 어떤 사람이 누구의 시선도 닿지 않는 깊은 고독 속에 있다는 느낌이 든 적이 있었다면, 그것은 바로 생-라자르 가에 있는 뉘싱겐 은행의 금전 출납계원을

---

* ultima ratio. 최후 수단으로 사용하는 무력.

** 약 2.2mm에 해당하는 옛 단위.

두고 하는 말이다. 철갑을 두른 그 지하실에는 한없는 적막만이 흘렀다. 불이 꺼진 난로에서 미지근한 열기가 퍼졌는데, 그것은 통음한 다음 날의 숙취처럼 머릿속을 무겁게 짓누르고 불쾌한 구역질을 일으키는 그러한 열기였다. 난로는 수위들이나 사무원들을 졸음에 빠뜨리고 감각을 마비시키며 희한하게도 바보 멍청이로 만드는 데 일조한다. 난로를 피운 방은 화학 실험실의 플라스크 같은 것이어서 기운이 넘치던 사람도 거기서는 속절없이 녹아버려 그들의 동력은 무뎌지고 의지는 고갈된다. 행정부서의 사무 공간은 현재의 사회계약이 근거하고 있는 돈의 봉건제를 유지하기 위하여 정부에 꼭 필요한 범용한 존재들만을 양산하는 곳이다(『하급 공무원들』을 볼 것)*. 사무실에 모여 있는 사람들이 내뿜는 유독한 열기는 지능의 점진적인 퇴화를 불러오는 주요인이면 주요인이지 무시해도 좋을 사소한 요인이 절대 아니다. 막대한 양의 질소를 뿜어내는 한 사람의 뇌가 결국에는 다른 사람들의 뇌를 질식시키고 마는 것이다.

　그 금전 출납계원은 사십 줄에 접어든 사내였는데 책상 위에 놓인 카르셀 램프**의 빛을 받아 대머리인 정수리가 번들거렸다. 정수리 아

---

*　괄호 안의 부분은 나중에 발자크가 자신의 작품들을 『인간극La Comédie humaine』이라는 총서로 묶고 나서 각 작품 간 연관성을 강조하기 위해 추가한 부분이다. 『하급 공무원들Les Employés』(1843)은 관료 조직의 무능과 폐해를 고발하는 한편, 주인공 라부르댕에 의한 관료제 개혁이 실패하고 마는 과정을 그린 작품이다.

**　시계공 카르셀이 당시 널리 쓰이던 켕케 램프를 개량하여 조도를 높인 램프.

래 양옆 관자놀이를 덮은 반백의 머리카락도 그 불빛을 받아 반짝거렸고, 거기에 동그란 윤곽의 얼굴이 더해져 머리 전체가 하나의 공처럼 보였다. 낯빛은 붉은 벽돌색이었다. 푸른색 눈동자를 둘러싼 눈자위에는 여러 줄의 주름이 졌다. 손은 살찐 사람이 그렇듯 포동포동했다. 두툼한 청색 모직 윗옷은 팔꿈치같이 튀어나온 부분이 조금 닳았고 군데군데 구김이 진 바지 역시 반들거려서 솔질이 소용없을 정도로 오래 입어 마모된 티가 역력했는데, 피상적인 관찰자에게 그러한 모습은 낡은 옷을 입을 정도로 근검절약을 생활화하는 성실하고 지혜롭고 고매한 사람의 표본처럼 비칠 것이다. 그러나 사소한 일에는 한없이 인색한 사람들이 정작 인생의 중요한 문제에서는 물러터지고 헤프며 무능하기까지 한 경우를 우리는 드물지 않게 본다. 출납계원의 윗옷 가슴에는 레지옹도뇌르 훈장의 약장이 보란 듯이 달려 있었는데 그것은 그가 나폴레옹 제정 시대 용기병 대대의 지휘관이었기 때문이다. 뉘싱겐 씨는 은행가가 되기 전에 군대 병참 납품업자였는데, 그때 높은 지위에 있다가 불운을 당해 그 자리에서 내려올 수밖에 없었던 그 군인의 섬세한 감정을 알게 되었고, 그 점을 고려하여 그에게 매월 5백 프랑의 월급을 주기로 하고 그를 출납계원으로 고용했다. 그렇게 그 군인은 1813년에, 그러니까 그가 모스크바 퇴각 당시 스투드장카 전투에서 상처를 입고 황제의 특별 명령으로 같은 처지의 몇몇 고위 장교들과 함께 스트라스부르로 후송돼 6개월 동안 집중 치료를 받아 회복된 후에 금전 출납계원이 되었으나, 그때는 이미 심신이 많이 쇠약해진 상태였다. 이름이 카스타니에인 이 퇴역 장교는 명예 대령이라는 계급과 함께 2천 4

백 프랑의 퇴직금을 손에 쥐었다.

10년 동안 출납계원 일을 하면서 군인의 잔재를 말끔히 지운 카스타니에는 은행가에게 전폭적인 신뢰를 얻게 되었고, 그래서 그가 근무하는 출납 창구 뒤편에 있는 별실, 뉘싱겐 남작이 비밀 계단을 통해 출입하는 그 특별한 공간에서 이루어지는 회계장부 업무도 지휘했다. 그 별실은 은행의 주요 사업이 최종 결정되는 곳이다. 그곳은 여러 사업 제안을 걸러내는 선별장이며, 업계의 현황이 논의되는 회의실이다. 그곳에서 각종 신용장이 발급된다. 그리고 그곳에는 국채등록 대장과 다른 사무실들의 업무가 정리된 일일 보고서가 놓여 있다. 건물 2층에 있는 두 은행가의 호화로운 집무실로 올라가는 계단과 연결되는 사잇문을 닫고 돌아온 후에 카스타니에는 자리에 앉아 런던의 와차일딘 은행 앞으로 발행된 신용장 여러 장을 잠시 꼼꼼히 살펴보았다. 그런 다음 펜을 집어 들고 모든 증서 하단에 뉘싱겐의 서명을 위조해 기재했다. 그 가짜 서명들이 하나도 빠짐없이 완벽하게 위조되었는지 살펴보다가 그의 마음속에서 "너는 지금 혼자가 아니다"라는 누군가의 외침이 울려 퍼지는 느낌이 들어 그는 벌에 쏘인 듯 고개를 들었다. 그러자 철창 뒤, 작은 창구로 웬 남자가 보였다. 호흡 소리가 들리지 않는 것으로 보아 숨을 쉬지 않는 존재인 것 같은 그 남자는 아마도 복도 쪽 문으로 들어온 모양인 듯 그 문이 활짝 열려 있었다. 왕년의 군인은 그 남자 앞에서 난생처음으로 입이 딱 벌어지고 두 눈이 휘둥그레지며 얼어붙게 만드는 공포감을 느꼈다. 게다가 그 사람의 모습은 그 자체로 충분히 오싹한 것이어서 그 환영 같은 등장에 어울리는 신비한 상황을 달리 필요로 하지 않았다. 길쭉한 반구형 얼굴, 불룩 튀어나온 이마 선, 창백한 얼굴색, 그리고 입은 옷의 형태 등을 종합해 볼 때 그 낯선 이는 영국인으로 짐작되었다. 실제로 그 남자에게서는 영국인 분위기가 짙게 풍겼다. 깃을 세워 올린 프록코트, 부푼 넥밴드에 매달린 이지러진 원통형 주름 장식, 냉담한 얼굴에 어린 영구불변할 것 같은 납빛을 두드러져 보이게 하는 그 새하얀 가슴 장식, 시체의 피를 빨아먹은 것 같은 차가운 기운이 감도는 붉은 입술 등으로 미루어 짐작할 때 그 남자는 무릎 위까지 단추로 조인 검은색 각반을 차고 있는 것이 분명했으니, 그러한 각반은 산책을 위해 길을 나선 부유한 영국인이 흔히 착용하는 유연한 청교도식 복장이었다. 그 이방인의 눈이 뿜어내는 광채는 받아내기 힘든 데다 영혼을 후벼 파는 느낌을 주었고, 그의 엄혹한 얼굴 모습은 그 느낌을 더욱 증폭시켰다. 바싹 말라 살점이라곤 없는 그 남자는 그로서는 절대 잠재울 수 없는 엄청난 허기 같은 어떤 원리를 자기 안에 품고 있는 것처럼 보였다. 그는 먹은 양식을 너무나 빨리 소화해버리는 게 분명했다. 그래서 모르긴 해도 그는 양 볼의 형태와 색깔에 어떠한 변화도 일으키지 않고 끊임없이 먹어댈 수 있었을 것이다. 그는 **왕위 계승 전쟁의 술**이라는 별명으로 불리는 토카이 포도주* 큰 통 하나쯤은, 상

---

* 헝가리 토카이 지방에서 곰팡이 핀 포도를 원료로 생산되는 이른바 '귀부(貴腐) 포도주'로서 프랑스의 샴페인과 함께 디저트 포도주의 대표주자로 꼽힌다. 일설에 따르면 '폴란드 왕위계승 전쟁'(1733-1735) 당시, 전쟁을 대리한 주변 강대국인 합스부르크 제국의 군인들과 프랑스 부르봉 왕국의 군인들이 토카이와 샴페인을 두고 서로 자기 나라 포도주가 최고라고 다투었다고 전해진다.

대의 영혼을 꿰뚫어 보는 그 날카로운 눈을 찡그리는 일 한번 없이, 언제나 사물의 본질을 휘어잡는 그 냉혹한 이성을 놓는 일 한번 없이 단숨에 들이킬 수 있었을 것이다. 그는 호랑이의 사납고도 차분한 위엄을 일정 부분 지니고 있었다.

"이보시오, 난 이 어음을 현금으로 바꾸러 왔소." 그가 출납계원의 힘줄을 타고 들어와 전기 방전과 같은 강렬한 충격을 일으키는 목소리로 카스타니에에게 말했다.

"창구 업무는 끝났습니다." 카스타니에가 대답했다.

"창구가 열려 있잖소." 영국인이 창구를 가리키며 말했다. "내일은 일요일이요, 그래서 난 기다릴 수 없소. 금액은 50만 프랑이오. 당신 금고에 그 액수가 있고, 난 그 돈을 찾아야 하오."

"그런데 선생님, 여길 어떻게 들어오셨나요?"

영국인이 미소를 지었고, 그 미소는 카스타니에를 얼어붙게 했다. 그 이방인의 입술이 지어 보인 그 거만하고 위압적인 주름보다 더 명확하고 더 단호한 대답은 일찍이 존재한 적이 없었다. 카스타니에가 몸을 돌려 금고에서 은행권을 만 프랑씩 묶은 다발 50개를 꺼낸 다음, 뉘싱겐 남작이 지급 보증한 어음 한 장을 던지듯 건넸던 이방인에게 막 지급하려는 순간, 그는 그 남자의 두 눈에서 발사된 붉은 광선이 신용장 위의 위조 서명에 가닿아 번쩍이는 것을 보고 경련이 날 정도로 소스라치게 놀랐다.

"선생님의… 영수 서명이… 없는데요." 카스타니에가 어음을 뒤집어보며 말했다.

"당신 펜 좀 빌려주시오." 영국인이 말했다.

카스타니에는 조금 전 자신이 서명 위조에 사용했던 펜을 건넸다. 이방인은 존 **멜모스**라고 서명한 다음, 어음과 펜을 출납계원에게 돌려 주었다. 카스타니에가 아랍어식으로 오른쪽에서 왼쪽으로 써 내려간 그 정체 모를 남자의 필적을 살펴보고 고개를 드는 사이 멜모스는 소리 도 없이 사라져버렸다. 그렇게 그 남자가 보이지 않자 카스타니에는 외 마디 비명을 내질렀고, 음독하면 겪을 것으로 상상되는 그런 극심한 고 통이 엄습했다. 멜모스가 사용했던 펜이 구토제를 먹었을 때처럼 뱃속 에 그런 뜨겁고 부글거리는 느낌을 불러일으켰다. 카스타니에가 볼 때 자기가 저지른 범죄를 그 영국인이 절대로 알아챌 리 없었기에 그는 그 고통을 **나쁜 짓**을 범할 때 가책의 반작용으로 일어난다고 흔히들 믿는 경련의 일종으로 치부했다.

"제길! 내가 무슨 바보 같은 생각을 하는 거야. 내게 하느님의 가호 가 있기를. 좀전의 그 짐승 같은 자가 내일이라도 저 윗사람들에게 알 리면 난 그냥 **끝장나는** 거니까!" 카스타니에는 쓸모없어진 위조 신용장 들은 난로 속에 집어 던지고 그것들이 타오르는 것을 보며 중얼거렸다.

그는 사용하기로 한 신용장을 밀봉하고 금고에서 프랑스 지폐와 영 국 지폐로 50만 프랑에 해당하는 금액을 꺼내고 다시 금고를 잠근 다 음, 모든 것을 똑바로 정리하고 모자를 쓰고 우산을 집어 들고 책상 위 램프를 끄기 전에 휴대용 촛대를 켜고 조용히 창구를 빠져나와 남작이 부재중일 때 늘 하던 대로 뉘싱겐 부인에게 인사를 하러 갔다.

"기분이 아주 좋아 보이네요, 카스타니에 씨", 은행가의 아내가 그가 들어오는 것을 보고 말했다. "우리 월요일에 파티가 있잖아요, 당신도 수아지*의 전원 별장에 함께 가면 좋겠어요."

"부인, 실례지만 뉘싱겐 씨께 그동안 지체되던 와차일딘 은행의 어음이 조금 전 들어왔다고 전해주시겠습니까? 그래서 50만 프랑이 지급되었습니다. 따라서 전 다음 화요일 정오 무렵 전까지는 출근하지 않을 예정입니다."

"그렇군요. 안녕히 가세요, 즐거움을 만끽하시길."

"부인께서도 그러시길 바랍니다." 늙은 용기병 대대장이 뉘싱겐 부인의 애인으로 통하는 라스티냐크라는 이름의 멋쟁이 젊은이**를 바라보며 대답했다.

"부인", 그 젊은이가 말했다. "내가 보기에 저 뚱뚱한 영감은 당신 부부에게 뭔가 불순한 수작을 부리려고 하는 것 같은데요."

"아! 풋! 그런 일은 있을 수 없어요. 저자는 아주 둔하거든요."

"피콰조", 출납계원이 수위실에 들어서며 말했다. "네 시가 넘었는데 왜 창구로 사람을 올려보냈지?"

"네 시부터는", 수위가 말했다. "전 출입문 문지방 위에 앉아 파이

---

* 당시 휴양지로 각광을 받던 파리 북쪽 교외 지명.

** 『인간극』의 대표작인 『고리오 영감 Le Père Goriot』과의 연관성을 볼 수 있는 부분이다. 『고리오 영감』에서 젊은 대학생으로 등장하는 라스티냐크는 이렇게 고리오 영감의 딸이자 은행가 뉘싱겐의 아내인 델핀의 애인이 되며, 델핀의 옛 애인이었던 드 마르세와도 인연을 맺게 돼 훗날 정치 거물로 성장하는 드 마르세의 도움으로 장관의 자리까지 오른다.

22

프 담배를 피웠는데요. 그래서 사무실로 들어간 사람이 아무도 없어요. 사무실에서 나온 분들만 있었을 뿐이에요…."

"지금 말하는 게 확실해?"

"제 명예를 걸고 말씀드리건대 확실합니다. 네 시에 베르브뤼스트 씨의 친구분이 들렀어요. 주베르 가의 뒤티예 은행에 근무하는 젊은 사람 말이에요."

"알았네!" 카스타니에가 이렇게 말하고 서둘러 나갔다. 조금 전 그의 펜을 통해 전달되었던 구토를 유발하는 열기가 더 심해졌다. '빌어먹을!' 그는 강 대로***에 접어들면서 생각했다. '필요한 조치들 중 놓친 건 없겠지? 자, 보자! 일요일과 월요일, 만 이틀 그리고 어떻게 될지 모르지만 사람들이 날 수배하기 전 하루가 더 있고. 그러니 내게 3박 4일의 여유가 있다. 서로 다른 여권 두 개와 변장을 위해 필요한 의상 두 벌은 챙겼고. 민완하기 그지없는 경찰을 따돌리려면 그 정도는 필요하지 않은가? 그러므로 난 화요일 오전이면 런던에서 우선 백만 프랑을 현금으로 손에 넣을 것이다. 여기서는 그 누구도 아직 추호도 의심하지

*** 당시 센강 우안의 서쪽 마들렌 교회에서부터 동쪽 바스티유 광장까지 길게 이어진 '대로들Les Grands Boulevards' 중 하나인 '이탈리앵 대로le boulevard des Italiens'의 별명이다. 대혁명 직전 이탈리아풍 가극을 공연하는 극장과 이탈리아풍 카페가 많이 들어선 지역이라 그렇게 불렸으나, 왕정복고 시기에는 주로 '강 대로'라고 불렸다. '강Gand'은 왕정복고로 왕위에 오른 루이 18세가 나폴레옹의 백일천하 동안 피신해 있었던 벨기에 북부 도시 이름인데, 왕과 함께 강에 피신했던 왕당파 인사들이 당시 그 대로 주변 지역에 자주 모였기 때문에 그런 이름을 갖게 되었다.

않을 때지. 내 채권자들에게 진 빚은 그냥 안 갚고 나 몰라라 하는 거야. 채권자들은 어쩔 수 없이 장부에 '사고 채권'이라고 적어놓겠지. 난 이탈리아로 가서 페라로 백작이라는 이름으로 여생을 행복하게 살 거야. 젬빈* 늪지에서 죽은 그 불쌍한 대령을 본 사람은 나뿐이지. 앞으로 내가 그의 신분으로 위장하여 살 거야. 빌어먹을, 여자를 달고 가면 내 정체가 폭로될 수도 있어! 나 같이 군대에서 잔뼈가 굵은 늙은이가 여자에게 코가 꿰여 치맛자락이나 붙들고 산다는 게 말이 돼?… 여자를 뭐하러 데리고 가? 여자와 이참에 헤어져야지. 좋아, 그럴 용기를 내자고. 하지만 난 내 분수를 알지. 나는 얼간이라서 여자에게 다시 돌아올 거야. 그래도 아킬리나의 정체는 아무도 모르잖아. 아킬리나를 데리고 갈까? 데리고 가지 말까?'

"넌 그녀를 데리고 가지 못할 것이다!" 그의 뱃속을 헤집는 웬 목소리가 그에게 말했다.

카스타니에는 깜짝 놀라 뒤를 돌아보았다. 그 영국인이 눈에 들어왔다.

"악마가 저자 안에 들어있는 거야!" 출납계원이 소리 높여 외쳤다.

멜모스는 이미 자기 희생자를 앞질러 갔다. 카스타니에의 첫 반응은 자신의 영혼을 그처럼 속속들이 들여다보는 사람에게 싸움을 걸려

---

* 오늘날 벨라루스 동쪽의 마을. 함께 수록된 『아듀』에서 묘사된 1813년의 베레지나 도하 전투 후 나폴레옹 군대는 젬빈 늪지대를 지난다. 『인간극』에는 이처럼 나폴레옹 시대의 여러 전투에서 생사불명으로 실종 처리된 군인들과 관련한 일화가 종종 등장한다.

는 것이었으나 이내 그 반대의 감정에 사로잡혀 잠시 무기력한 상태에 빠지고 말았다. 그러다 그는 가던 길을 다시 갔으나, 범죄를 저지를 만큼 격심한 욕망에 사로잡혀놓고는 마음에 끔찍한 동요가 일어 그 범죄를 감당할 힘은 지니지 못한 사람에게 자연스럽게 찾아오는 열병 같은 고심 속으로 다시 빠져들었다. 그래서 반쯤 완수한 범죄가 가져다줄 달콤한 열매를 떠올리며 마음을 다잡았지만, 카스타니에는 복합적인 성격을 가진 사람 대부분이 그렇듯이 마음먹은 일을 밀어붙이지 못하고 다시 망설였다. 그런 유형의 사람들은 강한 것 못지않게 약한 경우가 허다하며, 아주 사소한 상황의 압박이 작용하는 방향에 따라서 범죄자가 되기로 마음을 굳히기도 하고 그냥 단념하기로 마음을 먹기도 한다. 나폴레옹에 의해 군대에 발을 들여놓게 된 어마어마한 수의 사람 중에는 카스타니에처럼 전쟁터에서 필요한 온전히 육체적인 차원의 용기는 지녔어도 범행에서든 선행에서든 사람을 위대하게 만들어줄 수 있는 정신적인 차원의 용기는 갖추지 못한 자들이 허다하다. 신용장 위조는 그러한 맥락에서 기획된 것이어서 런던에 도착하자마자 그는 자기가 이미 지급처로 점 찍어둔, 뉘싱겐 은행의 거래처인 와차일딘 은행에서 2만 5천 파운드**를 현금으로 찾게 되어 있었다. 그의 교통편도 우연히 알게 된 런던의 대리인을 통해 포츠머스에서 이탈리아로 어느 부유한 영국 가족을 싣고 갈 배편과 닿아 페라로 백작이라는 이름으로 예약

***

** 당시 영국 화폐 1파운드는 25프랑에 해당했다. 총 625,000프랑인데, 이 액수는 위에서 카스타니에가 직접 언급한 백만 프랑과는 차이가 있다. 발자크의 작품에서 간혹 나타나는 착오로 보인다.

해 두었다. 아주 사소한 상황들까지 그렇게 세세하게 대비되어 있었다. 그는 자기가 바다 위를 떠가는 동안 벨기에나 스위스가 그의 목적지인 줄 알고 두 곳에서 동시에 그를 찾는 수색 작업이 이루어지도록 수를 써놓았다. 그렇게 뉘싱겐이 그를 제대로 추적하고 있다고 믿고 있는 동안 그는 나폴리에 안전하게 도착할 계획이었다. 나폴리에서 그는 완벽하게 변장해서 가명으로 살 계획이었는데, 그러기 위해서 염산으로 천연두 곰보 자국을 만들어서라도 얼굴을 완전히 딴판으로 개조할 작정이었다. 완전범죄를 보장해줄 것 같은 그러한 모든 용의주도한 준비에도 불구하고 그의 양심이 그를 괴롭혔다. 그는 두려웠다. 그가 오랫동안 영위해온 무난하고 평온한 삶이 그가 지녔던 군인 습성을 그간에 순치시켜 놓았던 탓이다. 게다가 그는 성실했으며 양심에 꺼리는 일을 할때마다 어김없이 후회가 밀려왔다. 그래서 그는 자기 내부에서 고개를 드는 선한 본성의 반응 양상들을 피하지 않고 마지막으로 한번 따라보기로 했다.

"까짓것!" 몽마르트르 가와 대로가 만나는 지점에서 그가 혼잣말로 중얼거렸다. "극장에서 공연을 보고 나와 삯마차를 잡아타고 오늘 밤 베르사유에 도착하는 거야. 거기 나의 부하 부사관이었던 사람의 집에서 역마차 한 대가 날 기다리고 있어. 그는 진술 거부로 총살형을 받아도, 그를 사살하려고 도열한 열두 명의 병사 앞에 서서도 내가 떠난 사실에 대해 끝까지 비밀을 지킬 사람이야. 그러므로 내 계획이 틀어질 가능성은 절대 없어. 나는 나의 귀여운 나키*를 데려가겠어. 떠나는 거야."

"넌 떠나지 못할 것이다." 영국인이 그에게 말했다. 그 기이한 목소리는 출납계원의 온몸의 피가 심장으로 역류하게 했다.

멜모스가 대기하고 있던 틸버리**에 훌쩍 올라타 쏜살같이 출발하는 바람에 카스타니에는 정체 모를 그 적수가 몽마르트르 대로의 차도 위를 전속력으로 질주하는 모습을 그저 먼발치에서 눈으로 좇을 수밖에 없었다. 그를 붙잡아야 한다는 생각이 든 것은 한참 뒤였다.

"이런 일이 내게 일어나다니 정말이지 귀신이 곡할 노릇이군. 믿을 수 없어." 그가 중얼거렸다. "내가 하느님이나 믿는 얼간이라면 하느님이 날 잡기 위해 미카엘 대천사를 보냈다고 생각하겠어. 악마와 경찰이 결정적인 순간에 나를 체포하기 위해 이제까지 날 그냥 내버려 두었다는 말이야? 악마를 본 사람이 어디 있어! 자자, 다 말도 안 되는 헛소리일 뿐이야."

카스타니에는 포부르-몽마르트르 가*** 쪽으로 방향을 튼 다음 리셰 가로 접어들면서 걸음 속도를 늦추었다. 그 거리에 있는 한 신축 건

---

* 카스타니에의 애인 아킬리나의 애칭.

** 덮개가 없는 2인승 이륜마차.

*** 동서로 길게 뻗은 대로와 교차하며 남북으로 난 수많은 좁은 길 중 하나로서 북쪽으로 난 길의 이름이다. 그 길과 마주 보며 남쪽으로 난 길 이름이 앞에 언급된 '몽마르트르 가'이다. '이탈리앵 대로(강 대로)'가 끝나는 지점에서부터 동쪽으로 그 두 길의 교차 지점까지 이어지는 대로가 그런 연유로 '몽마르트르 대로'라고 불린다.

물의 정원 쪽으로 난 본채 3층에 그 일대에서는 라 가르드 부인이라는 이름으로 통하는 한 아가씨가 살고 있었는데, 바로 그녀가 자기 뜻은 아니었지만 카스타니에가 저지른 범죄의 동기가 되어버린 여자였다. 그 연유를 밝히기 위해서는, 그리고 출납계원이 처한 위기를 마저 설명하기 위해서는 출납계원의 과거 삶의 몇 가지 상황들을 간략하나마 이 자리에 옮길 필요가 있다.

라 가르드 부인은 모든 사람에게, 심지어는 카스타니에에게도 자신의 본명을 숨기며 자신이 이탈리아 북부 피에몬테 출신이라고 말하고 다녔다. 그 여자는 지독히 가난해서든, 아니면 일하기 싫거나 죽음에 대한 두려움에서든, 그것도 아니면 종종 있는 일처럼 첫사랑 애인에게 버림을 받아서든, 아무튼 그런 처지의 여자들 대부분이 싫지만 어쩔 수 없어서, 많은 경우에는 아무 생각 없이 그냥, 몇몇 경우에는 생리적으로 워낙 그렇게 타고나서 선택하게 되는 그 직업에 종사하는 수많은 아가씨 중의 하나였다. 그녀는 파리의 매음굴에 뛰어든 열여섯 살 때, 그러니까 마돈나처럼 순수하고 아름다웠을 때, 카스타니에를 만났다. 사교계에서 성공을 거두기에는 너무나도 보잘것없는 용모인 데다 운명의 여인을 찾아서 밤마다 번화가로 나가 돈으로 여자들을 사는 일에 진력이 날 대로 난 왕년의 용기병 대대장은 오래전부터 자신의 무분별한 생활에 어떤 질서를 부여하고 싶던 참이었다. 어쩌다 그의 품 안에 들어온 그 어린 여자의 미모에 사로잡힌 그는, 훌륭한 사람들이 품은 훌륭한 생각들도 간혹 그렇듯이 자비로운 동시에 이기적인 생각이 발동해서, 그러니까 자신의 이익을 위해, 그녀를 악의 소굴에서 구하기로 마음먹었다. 본성은 대개 착하기 마련이지만 사회가 거기에 나쁜 요소를 섞어 놓는다. 그래서 재판관도 너그러운 판결을 내려야만 하는 그런 복합적인 범행 동기가 적지않이 발생하는 것이다. 카스타니에는 자신의 이익이 걸려 있는 경우 교활해질 만큼 충분히 똑똑한 사람, 바로 그런 사람이었다. 그런 연유로 그는 견결한 박애주의자가 되기로 했고, 맨 먼저 그 아가씨를 자기 정부로 삼았다. 그는 그때 군인다운 말투로 이렇게 중얼거렸었다. "흠! 나 같은 노숙한 늑대가 암컷 양의 요릿감이 되어서야 쓰겠나. 이봐, 파파 카스타니에, 동거하기 전에 그 아가씨의 정신 상태에 대한 조사를 더 해봐. 그 아가씨가 과연 한 남자하고만 살 수 있는 그런 여자인지 알아야 하니까!" 그렇게 비합법적인 결합이 성사되어 함께 산 일 년 동안, 그러나 그 일 년만 놓고 본다면 그 결합은 세상의 비난을 받는 그 모든 결합 중에서 그래도 가장 흠이 적은 결합이었는데, 피에몬테 여자는 우연히 읽게 된 영국 비극 작품인 『베네치아 수호』*에 나오는 인물 중 하나인 아킬리나를 자신의 전시(戰時) 가명으로 삼았다. 그녀는 자신이 일찍부터 가슴속에 품은 조숙한 연애 감정으로 보든, 얼굴 생김새로 보든, 또는 전체적인 모습에서 풍기는 분위기로 보든 그 비극의 창녀와 비슷하다고 생각했다. 카스타니에는 그렇게 함께 살기 시작하면서 그녀가 법과 사회 통념 바깥에 던져진 여인

* 영국 작가 토마스 오트웨이Thomas Otway가 쓴 비극(1682년)으로, 스페인인들의 베네치아 장악 음모 사건을 배경으로 베네치아 귀족인 자피에와 외국 군인인 피에르, 신분이 확연히 다른 두 남자의 우정을 그려낸 작품. 아킬리나는 창녀로서 베네치아 공국의 실력자인 안토니오의 정부이지만 피에르를 연모한다.

치고는 더할 나위 없이 착실하고 정숙하게 사는 모습을 보고 그녀에게 혼인한 부부처럼 살고 싶다는 바람을 전했다. 그때부터 그녀는 파리의 관행이 허용하는 한도 내에서 사실혼 요건들을 갖추기 위해 일단 라 가르드 부인이라는 이름으로 불렸다. 실제로 그녀와 처지가 같은 불우한 아가씨들은 많은 경우 남편에게 전적으로 순종하고 현명한 어머니 역할을 하며 가계부를 쓰고 집안의 옷가지를 수선할 줄 아는 그러한 착실한 부르주아 여성처럼 현모양처로 인정받고 싶은 바람을 고정관념처럼 갖고 있다. 그러한 바람은 갸륵한 심성에서 나오는 것인지라 사회는 그 심성을 높이 평가해야 마땅하다. 그러나 사회는 이전과 달라지지 않을 게 뻔하기에, 결혼한 여자는 돛대에 내건 깃발과 제출한 서류만으로도 운항 허가가 나오는 선박처럼 존중하지만, 화류계 여자에 대해서는 나포 허가증이 없다고 교수대에 매다는 해적처럼 취급하는 관행을 멈추지 않을 것이다. 라 가르드 부인이 카스타니에 부인이라고 서명하려고 한 날, 출납계원은 불같이 화를 냈다. "그러니까 당신은 나와 정식으로 결혼할 만큼 사랑하지는 않는다는 뜻이군요." 그녀가 말했다. 카스타니에는 대답하지 않고 생각에 잠겼다. 불쌍한 아가씨는 단념했다. 왕년의 용기병 대대장도 절망에 빠졌다. 나키는 그 절망에 가슴이 뭉클해져서 필시 그를 진정시키고 싶었을 것이다. 하지만 진정을 시키려면 그 절망의 원인을 알아야 하지 않겠는가? 나키가 직접 묻지는 않았어도 그 비밀을 알고 싶어 한 날, 출납계원은 불쌍한 표정을 지으며 자기에게 카스타니에 부인이라 불리는 한 여인이 이미 있다는 사실을 실토했다. 정식으로 결혼한 아내이지만 자신은 그녀를 저주해 마지않으며, 스트라스부르에서 얼마 안 되는 돈에 의지해 근근이 먹고사는 그녀에게 일 년에 두 번 편지만 보낼 뿐이고, 그녀의 존재에 대해서는 입도 벙긋하지 않아 아무도 자기가 결혼한 줄 모른다는 것이었다. 왜 그렇게 그 사실을 비밀에 부쳤을까? 그 이유는 그와 똑같은 처지에 놓일 법한 수많은 군인에게는 익히 알려져 있겠지만, 이 자리에서 그것을 언급할 필요도 있을 듯싶다. 진짜 군인은, 기껏해야 대위로 죽을 운명인 사람들을 가리키는 군대 용어를 여기서 사용하는 것이 허락된다면, 한 부대의 경작지에 묶여 있는 농노 신세라 할 군인은 본디 어리숙한 존재이기 마련인데, 결혼시키기 어려운 지경의 딸을 두어서 난감해진 주부들이 딸의 신랑감을 구하기 위해 주둔지를 드나들며 부리는 교활한 술책에 일찌감치 걸려든 카스타니에가 바로 그런 존재였다. 그러니까 나폴레옹 제정 군대가 프랑스 영토에서 주둔했던 아주 짧은 기간 중이던 어느 날 낭시*에서, 지방에서는 르두트라 불리는 무도회인데 대개 주둔지의 장교들이 주도해 그 도시에 열거나 반대로 도시가 군대를 위해 주최하는 무도회에서 불행하게도 카스타니에는 자신과 함께 춤을 추었던 어떤 처녀에게 그만 관심을 보이고 말았다. 그러자 곧장 그 상냥한 대위는 주둔지의 주부들이 합심해서 펼치는 유혹 작전의 목표물이 되었다. 주부들은 온갖 수단을 다 동원해서 심정적인 공모자들을 확보하거나 직접 음모에 가담하는 친구들을 구해 그 작전을 펼친다. 머릿속에 든 생각이라곤 단 하나밖에 없는 사람들처럼 그 주부들은 자신들이 꾸민 거

---

* 프랑스 동부 도시.

사에, 개미귀신이라 불리는 명주잠자리 애벌레가 모래밭에 파놓은 깔때기 모양의 개미지옥 구덩이에 비견될 만큼 그들이 오래도록 공들인 그 작업에 모든 것을 다 건다. 만약 이 정교하게 구축된 다이달로스의 미궁 속으로 아무도 들어오지 않는다면? 그러면 개미귀신은 굶주림이나 목마름으로 죽는 것일까? 하지만 일단 어떤 얼빠진 자가 거기에 들어오기만 하면 그자는 거기서 빠져나오지 못할 것이다. 남자라면 누구나 결혼하면서 구두쇠처럼 이해관계를 은밀하게 따져보는 심리, 기대감, 인간적인 허영심 등 일개 대위 정도가 미궁으로 들어가며 길잡이라고 생각할 법한 줄들은 카스타니에의 경우엔 모두 잘려 나가고 말았다. 운이 나쁘려니까 그랬는지 그는 왈츠가 끝나고 딸을 어머니에게 데려가 훌륭한 따님이라고 칭찬했고, 이어서 한담이 뒤따랐고, 대화 끝에 아주 자연스럽게 초대가 이루어졌다. 일단 처녀의 집으로 안내되자 돌이킬 수 없게 된 것이, 용기병 대위는 겉으론 인색함을 표나게 부각해서 부유함을 부러 감춘 것처럼 꾸민 집의 푸근한 환대에 넋이 나갔다. 그는 거기서 교묘하게 계산된 아첨의 대상이 되었고, 저마다 그 집이 간직한 갖가지 보물들을 그에게 자랑하기 바빴다. 집안 아저씨에게 빌린 은식기를 이용해 그럴듯하게 차려낸 저녁 식사, 외동딸의 정성스러운 대접, 그 도시에서 떠도는 쑥덕공론들, 어떻게 해서든 그의 자리를 뺏으려고 안달이 난 표정인, 같이 초대받은 부유한 중위 행세를 하는 자. 결국, 지방의 개미귀신들이 쳐놓은 갖가지 기기묘묘한 함정들이 너무나도 완벽해서 카스타니에는 5년이 지난 후에도 이렇게 말했다. "그런 일이 어떻게 가능했는지 지금도 모르겠어!" 용기병 장교는 1만 5천 프랑의 지참금과 함께 결과적으로는 다행이었지만 아이를 가질 수 없는 처녀를 아내로 맞이했는데, 결혼 생활 2년 만에 그녀는 세상에서 가장 추한 여자로 변했고 추한 여자들이 결과적으로 그렇게 되듯이 강짜가 가장 심한 여자로 변했다. 처녀적 그 여자의 안색은 살인적인 식이요법으로 하얀색을 유지했으나 결혼 후 이내 농가진이 피부를 뚫고 올라왔다. 얼굴은 선명한 빛깔에 매력적인 총명함을 갖추었던 것처럼 보였으나 이내 여드름으로 뒤덮였다. 허리도 꼿꼿한 것처럼 보였으나 이내 구부정해졌다. 천사인 줄 알았는데 겪어보니 카스타니에를 돌아버리게 만드는 불평과 의심만 많은 여자였다. 얼마 안 돼 재산도 물거품처럼 다 사라졌다. 자기와 결혼한 여자를 더는 아내로 인정할 수 없게 된 용기병 장교는 근근이 연명할 정도의 돈만 쥐여주고 그녀를 스트라스부르에 처박아놓았는데, 그렇게 해서 하느님의 나라를 한 자리라도 더 채우는 것이 하느님 보시기에 좋을 거라는 심사였다. 그녀는 달리 어찌할 방법이 없기에 한탄이나 끝없이 늘어놓아 듣는 천사를 못살게 굴고 하느님에게 기도한답시고 하느님이 진짜 그 기도를 듣는다면 짜증이 솟구칠 그런 기도나 하는, 덕성이 충만하다는 여인 중의 하나였다. 그런 여자들은 밤에 이웃들과 보스턴 카드 게임을 마칠 때쯤이면 은근슬쩍 남편에 대한 증오 섞인 험담을 늘어놓는다. 아킬리나는 그러한 불행한 일을 알게 되자 카스타니에에게 강한 애착을 보였고, 그래서 그녀는 타고난 여성적 매력을 발휘해 끊임없이 되살아나는 쾌락을 새롭고 다양한 방식으로 아낌없이 선사해서 그를 너무나도 행복하게 해주었는데, 그 바람에 그녀는 본의 아니게 출납계원의 파산을 초래하는 원인이 되었다. 사랑이라는 광맥의 가장 깊숙한 곳 최후의 지점까지 뚫고 들어가는 능력을 무슨 운명처럼 선천적으로 타고난 것 같은 여성들이 대개 그렇듯이, 라 가르드 부인은 사심이나 물욕이 전혀 없었다. 그녀는 금이나 보석을 요구하지도 않았고, 미래를 생각하지도 않았으며, 오로지 현재를 사는, 그것도 특히 쾌락을 위해 사는 여자였다. 그녀와 같은 부류의 여자들은 화려한 몸치장과 의상과 장신구를 몹시 탐내지만, 그녀는 오로지 자신이 그려나가는 삶이라는 화폭을 더 조화롭게 꾸민다는 마음으로 그것들을 받았다. 그녀가 그것들을 원한 까닭은 허영심이나 과시욕이 아니라 더 나은 삶을 영위하기 위한 소망이었다. 게다가 그런 것들 없이 사는 삶을 그녀보다 더 선선히 받아들이는 여자는 이 세상에 하나도 없다. 씀씀이가 후한 남자가, 거의 모든 군인이 그런 유형인데, 그런 성향의 여자를 만나면, 그는 자기 목숨을 바쳐서라도 그녀를 떠받들겠다는 맹렬한 다짐을 하기 마련이다. 그 남자는 자신의 헤픈 씀씀이를 감당할 돈이 없다면 그때부터 그 돈을 마련하기 위해 늘 타던 합승 마차도 단번에 끊는 용단을 내린다. 남자란 그렇게 생겨 먹은 존재다. 남자는 여자 앞이나 특별한 대중 앞에서 계속 위대하고 고귀하게 보이기 위해 때로는 범죄까지 저지를 수도 있다. 사랑에 빠진 남자는 도박에 빠진 남자와 비슷하다. 도박장에서 빌린 돈을 갚지 못하면 자신의 명예가 실추됐다고 생각하고, 난폭한 짓을 일삼고, 아내와 자식들이 가진 것을 빼앗고, 호주머니가 두둑해질 수만 있다면 도둑질이나 살인도─그 파멸의 집을 들락거리는 사람들에겐 명예를 지키는 행위로 보이는 그런 짓들─마다하지 않는 자 말이다. 카스타니에가 바로 그랬다. 초기에 그는 아킬리나가 살 곳으로 허름한 5층 아파트를 마련했고, 가구도 아주 저렴한 것으로 갖춰주었다. 그러나 그 젊은 아가씨의 아름다움과 엄청난 재주를 발견하고, 어떠한 말로도 형용할 수 없는 엄청난 쾌락을 그녀로부터 맛보고는 그녀에게 미친 듯이 빠져들었고, 자신의 우상을 지극정성으로 꾸미고 싶어졌다. 아킬리나의 화려한 차림새는 그녀가 거주하는 곳의 궁핍함과 우스울 정도로 대비되는 것이어서 두 사람은 집을 옮겨야만 한다고 생각했다. 그 이사에 카스타니에가 가지고 있던 돈 거의 전부가 들어갔다. 카스타니에는 부부 살림집이나 다를 바 없는 새 아파트를 동거녀를 위해 특별히 마련한 호화롭고 비싼 가구들로 채웠다. 젊고 아리따운 여자는 자기 주위에 누추한 것은 하나라도 두고 싶지 않은 법이다. 젊고 아름다운 여자를 여느 여자와 구별해주는 특징이 바로 동질성의 감정, 우리의 본성 중에서 가장 간과되기 쉬운 욕구 중 하나인 그 감정이다. 노처녀 주변에 낡은 것만 있는 것도 같은 까닭이다. 그런 연유로 이 감미로운 피에몬테 여자에게는 유행의 첨단을 걷는 최신형 물건들이 필요했다. 그렇게 커튼, 비단, 보석, 가볍고 얇아 부서지기 쉬운 가구, 아름다운 도자기 등 상점에 있는 각별하게 공들인 제품들은 모조리 사들였다. 그녀는 아무것도 요구하지 않았다. 다만, 선택해야 할 순간, 카스타니에가 그녀에게 "뭘 원하지?"라고 물으면 "이게 더 나아요!"라고 답했을 뿐이다. 돈을 아끼는 사랑은 결코 진정한 사랑이 아니다, 카스타니에는 그렇게 생각하고 더 나은 모든 것을 구매했다. 단순히 제안하기만 한 척도가 한번 받아들여지고부터는 그 집 안에 있는 모든 것이 조화를 이루어야만 했다. 그렇게 식탁보, 은식기, 잘 꾸민 집의 갖가지 액세서리, 주방 도구 일습, 크리스털 글라스 등 어마어마한 것들이 구색을 갖추기 위해 마련됐다! 카스타니에는, 익히 알려진 표현을 빌리자면, 그냥그냥 넘어가고 싶었지만, 점점 빚을 지게 되었다. 한 물건을 갖추자 다른 물건이 필요해졌다. 벽시계를 하나 사자 웅장한 촛대 두 개가 있어야 했다. 벽난로를 꾸미니 화구 앞에 대리석 돌판도 깔아야 했다. 침대 시트와 벽지가 너무 새것이었기에 난로에서 나오는 연기로 변색이 되면 안 되었다. 그래서 청구서의 귀신들이 새로 발명한, 연기를 완전히 막아주는 장치라고 장담하는 새로운 벽난로 시설들을 들여놓아야 했다. 그리고 아킬리나는 침실 바닥 양탄자 위를 맨발로 뛰어다니는 걸 너무나 좋아했기 때문에 카스타니에는 나키와 함께 희롱을 즐기기 위해 곳곳에 양탄자를 깔았다. 급기야 그는 그녀를 위해 욕실도 만들어주었는데, 늘 그랬듯이 욕실이 있는 편이 더 나았기 때문이었다. 파리의 상인들과 설비업자들과 제조업자들은 고객의 돈주머니에 난 구멍을 더욱 크게 하는 놀라운 기술을 보유한 자들이다. 소비자가 그들과 상담할 때 그들은 어떠한 가격도 미리 제시하지 않는다. 절정에 이른 욕망은 지연을 용납하지 않는 법이다. 그들은 그래서 개략적인 견적서만 가지고 깜깜이 주문을 하게 유도한다. 그런 다음 그들은 자기들의 진짜 계산서는 절대 내밀지 않고 소비자를 납품의 기대가 일으키는 소용돌이 속으로 몰아넣는다. 모든 게 순조롭고 설레게 만들며 양쪽 모두 만족한다. 몇 달 후, 친절하기만 했던 그 공급자들이 온갖 비용을 추가해 놀라 자빠질 만큼 엄청나게 증가한 요구액을 들고 돌변한 모습으로 나타난다. 그들은 꼭 필요한 것이 있다, 화급하게 대금 정산할 곳이 있다, 심지어는 파산할 지경이라고 하소연하면서 눈물을 흘리고 감정에 호소하기까지 한다! 이어서 파멸의 문이 열리며 세 자리 숫자가 나열되어야 정상인데 네 자리로 이어지는 숫자열을 토해낸다. 카스타니에는 자신의 지출 총액을 알기 전에는 자기 애인이 외출할 때마다 길거리에서 지나가는 삯마차를 잡아타게 하지 않고 차고지에 대기하고 있는 화려하고 비싼 전세 마차를 이용하게 했었다. 카스타니에는 식도락가여서 솜씨 있는 요리사도 두었다. 그리고 아킬리나는 그를 즐겁게 해주기 위해 맏물 과일들, 식도락을 자극하는 진귀한 음식들, 고급 포도주들을 자신이 직접 사 와서 그에게 대접했다. 그러나 그녀는 아무것도 가진 것이 없었기 때문에 정성이 깃든 데다 세련되고 기품 있는 안목이 돋보이는 그녀의 그러한 진귀한 선물들은 주기적으로 카스타니에의 돈주머니를 텅 비게 했다. 사랑하는 나키가 돈이 궁하면 안 되니까 카스타니에가 계속 돈을 대준 것인데, 그런데도 그녀는 항상 돈이 없었다! 출납계원의 재산을 고려했을 때 먹고 마시는 데 들어가는 돈이 너무 과한 편이었다. 왕년의 용기병 장교는 그간 누리던 쾌락을 포기하는 게 불가능한 지경이 되었기 때문에 부족한 돈을 채우기 위하여 사취와 횡령에 기대야만 하는 처지로 몰렸다. 그의 여자 사랑은 대단해서 자기 정부가 하고 싶어 하는 일을 거역한다는 것을 스스로 용납할 수 없었다. 자존심에서든, 나약해서든, 여자에게 아무것도 거절하지 못하는 남자들, "나는 못해…" "내 사정이 허락하질 않아…" "돈이 없어…" 같은 말을 엄청난 수치로 여긴 나머지 자신이 완전히 망한 것이나 다름없다고 생각하는 남자들이 있는데 그가 그런 남자였다. 그렇기에 카스타니에는 매일같이 파멸의 구렁텅이에 빠진 자신의 모습을 확인하면서도, 빚을 갚고 그 구렁텅이에서 빠져나오려면 그 여자와 헤어져야만 한다고 생각하면서도, 그 여자와 이제까지의 생활방식에 너무 익숙해져서 그 생활을 접을 계획을 차일피일 미뤘다. 상황에 쫓기자 우선 그는 돈을 빌렸다. 그의 당시 지위와 과거 경력이 그의 신용에 보탬이 되었고, 그는 그 점을 활용하여 필요한 액수에 맞춰 대여 방안을 설계했다. 그런 다음 빠르게 늘어난 부채 총액을 감추기 위하여 그는 상거래에서 흔히 돌려막기라고 일컫는 수법을 쓰기로 했다. 그것은 바로 실제로 거래된 상품 가액이나 제공된 금전의 액수가 아니라 최초의 배서인이 그와 한패인 발행인을 대신하여 지급하기로 한 금액이 표시된 어음을 이용하는 수법인데, 그 어음은 진위를 확인하는 것이 불가능하고 또 그 잠재적 사기는 지급 불이행이 일어났을 때만 성립되는 것이기 때문에 일종의 관행적 허위어음이라고 할 수 있다. 마침내 카스타니에는 원금이 불어나기도 하고 이자도 어마어마해지자 그러한 금융 수법을 계속 이어갈 수 없게 되었고 채권자들에게 파산을 선언해야 할 순간이 다가왔다. 최종 부도 처리가 결정되는 날, 카스타니에는 법적 처벌의 대상인 단순 파산보다는 위장 파산을 하기로 했다. 그는 그간 성실한 상환으로 쌓인 신용을 미리 당겨쓰기로 마음먹었는데, 그 뜻은, 예전에 왕실 재무성의 그 유명한 출납계원이 그랬던 것처럼, 채권자의 수를 더 늘려 외국에서 행복한 여생을 보내는 데 필요한 거금을 끌어모으기로 작정했다는 말이다. 그렇게 그는 앞에서 보았던 범행을 감행한 것이었다. 아킬리나는 자기 삶이 싫지 않았다. 그녀는 그냥 즐겼다. 상당수 사람이 잘 구워진 빵을 먹으면서 밀이 어떻게 자라는지 궁금해하지 않듯이, 그녀는 대부분 여자와 다를 바 없이 자기가 쓰는 돈이 어떻게 마련됐는지 굳이 알려고 하지 않았다. 그러나 제빵사의 화덕 뒤에 농부의 노고와 실망이 있듯이, 파리의 여느 살림집의 눈에 잘 띄지 않는 화려함 밑에는 대부분 무겁게 짓누르는 근심 걱정과 감당하기 어려운 과도한 노동이 감춰져 있다.

카스타니에가 자기 삶을 송두리째 뒤집는 행위에 골몰하며 불안감에서 오는 극심한 고통에 시달리고 있을 때, 아킬리나는 따뜻한 난롯가 안락의자에 온몸을 파묻은 나른한 자세로 하녀와 함께 태평하게 그를 기다리고 있었다. 주인마님을 시중드는 하녀들이 다 그렇듯이 제니는 자신의 주인이 카스타니에 위에 절대적으로 군림하고 있다는 사실을 알고 나서 그녀와 속내 이야기를 나누는 심복이 되었다.

"오늘 밤 어떻게 한담? 레옹이 오고 싶어 안달이 났는데." 라 가르드 부인이 무채색 편지지에 쓰인 연서를 읽으며 말했다.

"쉿, 그분이 오세요." 제니가 말했다.

카스타니에가 들어왔다. 아킬리나는 당황하지 않고 편지지를 돌돌 말아 부젓가락으로 집어 불 속에 던졌다.

"연애편지를 그런 식으로 처리하는 건가?" 카스타니에가 말했다.

"오! 이런, 그래요, 맞아요." 아킬리나가 그에게 대답했다. "그게 들키지 않는 최선의 방법 아닌가요? 게다가 물이 강으로 가듯 불은 불로 가야 하는 거 아닌가요?"

"나키, 그게 진짜 연애편지인 것처럼 너스레를 떠는군."

"어머나, 내가 연애편지 정도는 받을 만큼 예쁘지 않나요?" 그녀가 카스타니에게 개의치 않는다는 듯 당당하게 얼굴을 들어 말했는데, 그 태도가 자기는 당신에게 쾌락을 선사함으로써 일종의 부부간 의무를 다하지 않았느냐고, 알 만한 사람이 왜 그러냐는 식으로 가르치려 드는 것 같았다. 그러나 카스타니에는 더 이상 아무것도 눈에 들어오지 않는 상태였던지라 그의 정열의 온도는 이미 식어 있었다.

"오늘 밤 짐나즈 극장의 칸막이 좌석을 잡아 두었네." 그가 말을 이었다. "일찍 저녁을 먹자고, 허둥지둥하지 않으려면."

"제니랑 함께 가세요. 이제 극장 구경은 재미없어요. 오늘 밤 뭘 할지는 모르겠어요. 그냥 이 따뜻한 난롯가에 있고 싶어요."

"그래도 같이 가, 나키. 이제 한동안 나 때문에 당신이 성가실 일이 없을 거야. 정말이야, 키키. 난 오늘 밤 떠날 거야. 가서 얼마간 돌아오지 못할 거야. 당신은 여기 남아 당신이 하고 싶은 대로 해도 돼. 당신 마음은 나를 위해 간직해줄 거지?"

"아니요, 마음이 됐든, 그 외 다른 것이 됐든 그런 건 없어요." 그녀가 대꾸했다. "하지만 당신이 돌아오면 나키는 변함없이 당신의 나키로 여기 있을 거예요."

"허, 그렇군. 솔직해서 좋네. 그러니까 당신은 절대로 나와 동행하지 않겠다는 거지?"

"예."

"왜지?"

"왜긴요", 그녀가 미소 지으며 말했다. "내게 저렇게 절절한 연애편지를 보낸 애인을 포기할 수 있겠어요?"

그러곤 그녀는 살짝 경멸이 묻어나는 몸짓으로 불타는 편지지를 가리켰다.

"진짜란 말이야?" 카스타니에가 말했다. "그러니까 당신에게 애인이 있다는 거야?"

"물론이죠!" 아킬리나가 되받았다. "여보, 당신 모습을 진지하게 바라다본 적이 한 번도 없다는 말이에요? 무엇보다 당신은 쉰 살이에요! 그리고 당신 얼굴은 과채 장수 널빤지 위에나 진열할 그런 수준이에요. 그걸 호박 덩어리라고 팔려고 내놓으면 안 믿을 사람이 없을 거예요. 당신은 또 계단을 오를 때마다 바다표범처럼 거칠게 숨을 몰아쉬어요. 불쑥 튀어나온 당신 배는 여자 머리 위에서 흔들리는 머리핀처럼 제자리에서 들쑥날쑥하지요! 누가 당신더러 용기병 출신이라고 하겠어요? 당신은 못생긴 늙은이일 뿐이에요. 내가 여자라고 당신에게 충고하는 건 아니지만, 당신이 내 관심을 계속 받고 싶으면, 그런 생김새에 한술 더 떠서, 나 같은 젊은 여자가 꽃다운 젊은 남자의 숨결 없이도 천식에 걸려 헉헉대는 당신의 사랑을 받아낼 수 있을 거라는 그런 어리석은 생각은 하지 마세요."

"설마, 당신 지금 웃자고 하는 얘기지, 아킬리나?"

"그런데 당신이야말로 왜 웃지 않죠? 나에게 이런 식으로 떠나겠다고 통보하다니 당신 지금 날 바보 취급하는 거예요? '난 오늘 밤 떠날 거야'라니." 그녀가 그가 했던 말을 그대로 흉내 내 대꾸했다. "한심한 양반 같으니, 연극에서 하듯 당신의 나키를 떠나는 것처럼 말해야지요.

눈물을 펑펑 쏟으며 울어야지요."

"아무튼, 내가 떠나면 나와 같이 갈 거야?" 그가 물었다.

"그전에 당신 여행이 허튼 농담인지 아닌지 내게 말해요."

"맞아, 정말로 난 떠나."

"그렇군요, 그렇다면 정말로 난 남겠어요. 잘 가요, 아저씨! 당신을 기다릴게요. 난 나의 소중하고 귀여운 파리를 떠나느니 차라리 삶을 하직하겠어요."

"이탈리아 나폴리라면 가지 않겠어? 거기서 바다표범처럼 거칠게 숨을 몰아쉬는 그대의 뚱뚱한 아저씨와 함께 아주 안락하고 화려한 그런 근사한 삶을 살아보지 않겠어?"

"싫어요."

"배은망덕이군!"

"배은망덕이라고?" 그녀가 벌떡 일어나며 말했다. "나는 지금 당장이라도 여기서 내 한 몸만 챙겨서 나갈 수 있어. 난 젊은 여자가 가진 보물을 당신에게 다 주었어. 그건 당신 피와 내 피를 다 바친다 해도 내가 되돌려 받을 수 없는 것들이지. 만약 내가 그 어떤 수단을 써서라도, 예컨대 나의 영원한 미래를 팔아서라도 꽃다운 내 젊은 육신을 되찾을 수만 있다면, 꽃다운 내 젊은 영혼은 그렇게 안 해도 되찾은 거 같으니까 됐고, 그래서 사랑하는 내 애인에게 순결한 백합처럼 내 육체와 영혼을 바칠 수만 있다면, 난 조금도 망설이지 않을 거야. 당신은 나의 헌신을 무엇을 바쳐 갚았는데? 당신은 나를 먹여주고 재워주었지. 그런데 그건 개에게 먹이를 주고 개집에 재우는 것과 똑같은 감정에서 그런

거지. 우리가 개에게 왜 그러겠어? 개는 우리를 지켜주고, 우리가 기분 나쁠 때 내지르는 발길질도 받아주고, 우리가 부르면 즉시 달려와 우리 손을 핥으니까 그러지. 우리 둘 중 누가 더 많이 베풀었을까?"

"오, 사랑하는 여보, 내가 농담 좀 해본 건데 몰랐어?" 카스타니에 가 말했다. "나는 잠깐 여행을 떠나는 거야, 오래 걸리지 않을 거야. 그 래도 짐나즈 극장에는 나와 같이 가자. 자정 무렵 출발할 건데, 당신에 게 작별 인사는 하고 가려고."

"한심한 양반아, 정말 여행을 떠나는 거야?" 그녀는 그의 목을 끌어 안고 그의 머리를 자기 가슴 속에 파묻었다.

"아, 숨 막혀!" 카스타니에가 아킬리나의 가슴에 코를 박고 소리쳤 다.

수완이 보통이 아닌 아가씨는 고개를 기울여 제니의 귀에 대고 속 삭였다. "레옹에게 가서 밤 한 시 이후에 오라고 전해. 혹시 그를 만나 지 못해서 내가 이 사람을 배웅하러 나가 있는 동안 그가 도착하면 네 방에 잘 모시고 있고. — 자", 그녀가 카스타니에의 머리를 자기 머리 앞으로 끌어당기고 그의 코끝을 비틀며 말을 이었다. "당신은 바다표 범 중에서는 그래도 가장 멋지니까 오늘 밤 당신과 함께 극장에 가겠어 요. 자, 저녁 식사를 하기로 해요! 소박하지만 근사한 차림일 거예요. 모 두 당신 입맛에 맞춘 요리니까."

"참 어려운 일이군", 카스타니에가 말했다. "당신 같은 여자를 두고 떠난다는 게 말이야!"

"아유, 그런데 왜 떠나는 거예요?" 그녀가 그에게 물었다.

"아! 왜냐! 왜냐! 그걸 당신에게 설명하자면 해야 할 말이 너무 많은데, 다 말하면 당신을 향한 나의 사랑이 광기로까지 치달았다는 것을 증명하고도 남을 거야. 당신은 나에게 당신의 자랑거리를 다 내어주었다지만 나도 당신 때문에 나의 명예를 팔았어. 우린 서로 빚을 깨끗이 갚은 거야. 이게 사랑이라는 건가?"

"그게 뭔데요?" 그녀가 말했다. "자, 내게 말해봐요, 내게 애인이 있더라도 당신은 나를 아버지처럼 변치 않고 사랑할 거라고요. 그런 게 사랑이란 말이에요! 자, 강아지, 그렇다고 어서 말해보렴, 그리고 앞발을 줘보렴."

"당신을 죽이고 싶네." 카스타니에가 미소를 지으며 말했다.

그들은 식탁으로 가서 자리를 잡았다. 식사를 마친 다음 그들은 짐나즈 극장을 향해 집을 나섰다. 첫 번째 공연이 끝나자 카스타니에는 자신의 도피를 최대한 늦게까지 알아차리지 못하게 하려고 공연 전에 홀에서 만났던 몇몇 지인들에게 자기 모습을 보여주러 가기로 했다. 그는 라 가르드 부인을 칸막이 좌석(그 좌석은 매사에 조심하는 그의 평소 습관대로 어두침침한 1층이었다)에 홀로 남겨두고 휴게실을 둘러보러 갔다. 휴게실에 들어서서 채 몇 걸음 옮기지도 않았는데 그의 앞을 멜모스의 얼굴이 가로막았다. 그 영국인의 눈길에 그는 뱃속이 울렁거리며 미열이 일었는데, 그건 그가 처음 영국인과 마주쳤을 때 이미 느꼈던 그 공포감이었다. 둘은 서로 얼굴을 마주 보고 섰다.

"위조범!" 영국인이 소리쳤다.

그 말을 듣는 순간 카스타니에는 주변 사람들을 둘러보았다. 그들이 깜짝 놀라며 무슨 일인지 궁금해하는 표정으로 자신을 주시한다고 생각한 그는 그 순간 그 영국인에게서 벗어나려고 몸을 틀었고, 이어서 그를 후려치기 위해 손을 들었다. 그러나 그는 어떤 저항할 수 없는 힘의 작용으로 들었던 팔이 마비된 느낌을 받았다. 그 힘은 그를 무력화시키고 그 자리에 얼어붙게 했다. 그렇게 그는 이방인에게 팔을 붙잡힌 채 제압되었다. 둘은 그 자세로 마치 다정한 친구처럼 휴게소 안을 함께 걷기 시작했다.

"대체 어느 누가 나에게 저항할 만큼 강하단 말인가?" 영국인이 입을 열었다. "너는 이 세상 만물이 나에게 복종해야만 한다는 사실을, 내가 못 하는 일이 없다는 사실을 모른단 말인가? 나는 마음속을 읽고 미래를 내다보며 과거를 꿴다. 나는 여기 있으면서 동시에 저기에 있을 수 있다! 나는 시간과 장소와 거리에 구애받지 않는다. 이 세상은 나의 하인이다. 나는 항상 즐거움을 누리고, 항상 행복을 선사하는 능력을 지니고 있다. 내 눈은 성벽을 뚫고 그 안의 보물을 손바닥 보듯이 보며, 양손 가득 그 보물을 들고나올 수 있다. 내 고갯짓 한 번에 궁전이 지어지며 나의 건축가는 한 치의 오차도 허용하지 않는다. 나는 세상천지의 꽃이 피어나고 보석이 쌓이고 황금이 축적되게 할 수 있으며, 늘 새로운 여자들이 내 곁을 둘러싸도록 할 수 있다. 요컨대 세상 만물이 나의 뜻을 따른다. 수전노가 땅속에 묻어둔 금을 찾아내 손에 넣는 자는 남의 돈주머니를 털어야 할 정도로 궁한 형편이니까 그런다면, 나는 증권거래소를 언제든 내 뜻대로 가지고 놀 수 있는 사람이다. 그러니 수치스러운 짓이나 일삼는 형편없는 자여, 느낄지어다, 너를 붙잡은 이 가공할 악력을 느낄지어다. 이 강철같은 팔을 구부러트리려고 백날 애써 보아라! 이 다이아몬드 같은 심장을 녹이려고 해보아라! 나에게서 달아나려고 감행해보아라! 네가 센강 아래 지하 깊은 곳에 숨는다고 내 목소리가 안 들릴 성싶나? 네가 지하 묘지로 피신한다고 내가 널 못 찾을 성싶나? 내 목소리는 천둥소리를 지배하고 내 눈은 밝기가 태양과 막상막하니, 나는 **빛을 지닌 자**, 루시퍼와 동등한 존재이기 때문이다." 카스타니에는 이 가공할 말들을 듣고만 있을 뿐 항변할 엄두조차 나지 않았다. 그는 달아나야겠다는 생각은 꿈에도 품지 못한 채 그 영국인 곁에 바짝 붙어서 나란히 걸었다. "너는 이제 내 것이다. 너는 조금 전 범죄를 저질렀다. 나는 드디어 내가 찾던 짝을 발견했다. 너의 운명을 알고 싶은가? 하! 하! 넌 근사한 스펙터클 한 편을 볼 작정이었지. 틀림없이 뜻을 이룰 거다. 두 편이나 보게 될 거야. 자, 나를 너의 친한 친구라고 라 가르드 부인에게 소개하라. 내가 너의 마지막 희망이 아닌가?"

카스타니에는 이방인과 함께 자기 자리로 돌아와 조금 전 받은 명령에 따라 서둘러 라 가르드 부인에게 그를 소개했다. 아킬리나는 멜모스를 보고도 하나도 놀라는 표정이 아니었다. 영국인은 칸막이 좌석의 전열에 앉기를 거부하고 카스타니에에게 정부와 함께 전열에 앉으라고 했다. 영국인의 사소하기 그지없는 의사도 절대복종해야 하는 명령이 되었다. 이제 곧 막이 오르는 공연이 마지막 공연이었다. 당시 소규모 극장들은 하루 공연 편수가 세 편에 불과했다. 짐나즈 극장에는 그때 인기를 끄는 배우가 한 명 있었다. 페를레라는 배우인데 그는 곧 시작될 <에탕프의 코미디언>이라는 보드빌에서 1인 4역의 배역을 맡았다. 막이 오르자 이방인은 객석 쪽으로 손을 뻗었다. 카스타니에는 공포의 비명을 내질렀지만 성대 막이 협착된 듯 비명은 목구멍 밖으로 나오지 못했는데, 바로 멜모스가 손가락으로 무대를 가리키며 자기 명령으로 무대 위 장면이 바뀌었다는 점을 그에게 일깨워주었던 까닭이다. 출납계원의 눈앞에 뉘싱겐의 집무실이 펼쳐졌다. 은행장은 경찰청의 고위 간부와 이야기 중이었는데, 경찰 간부는 은행 금고에서 벌어진 횡령, 은행을 도용한 위조 증명서, 출납계원의 도피 등을 은행장에게 통보하면서 카스타니에의 행위를 설명하고 있었다. 즉시 고발이 이루어졌고 재가가 나 검찰에 이첩되었다는 설명이 뒤따랐다. "아직 시간이 늦지 않았다는 거지요?" 뉘싱겐이 말했다. "그렇소." 경찰관이 대답했다. "그자는 지금 짐나즈 극장에 있소. 그리고 아무 눈치도 못 채고 있소."

카스타니에는 자기 자리에서 몸부림쳤다. 그는 달아나려고 했다. 그러나 그의 어깨 위에 얹은 멜모스의 손이 우리가 악몽을 꾸다 가위눌릴 때 느끼는 그 끔찍한 힘으로 그를 꼼짝도 하지 못하게 눌렀다. 그 남자는 악몽 그 자체로서 유독한 공기처럼 카스타니에를 질식하게 했다. 가련한 출납계원이 영국인에게 하소연하기 위해 몸을 돌린 순간 그는 전류를 내뿜는 불꽃 같은 시선과 마주쳤는데, 그 시선은 일종의 쇠침처럼 카스타니에의 몸 여기저기를 찌르고 관통해 꼼짝달싹도 못 하게 만들었다.

"내가 당신한테 무슨 짓을 했다고 이러는 거요?" 그는 기진맥진하여 샘가의 사슴처럼 숨을 헐떡이며 말했다. "대체 나한테 뭘 원하는 거요?”

"잘 봐!" 멜모스가 그에게 소리쳤다.

카스타니에는 무대 위에서 무엇이 펼쳐지는지 쳐다보았다. 무대 장식은 이미 바뀌어 있었고, 아까의 장면도 끝났다. 무대 위에서는 자신이 아킬리나와 함께 마차에서 내리는 모습이 펼쳐지고 있었다. 그러나 그가 리셰 가에 있는 자기 집 안마당에 들어서는 순간 무대 장식이 다시 갑자기 바뀌더니 아파트 내부가 펼쳐졌다. 제니가 자기 안주인의 침실 난롯가에서 파리에 주둔 중이던 최전방 연대의 한 부사관과 이야기를 나누고 있었다. ― "그자가 떠나는구나." 유복한 가정 출신으로 보이는 그 부사관이 말했다. "그러면 이제부터 마음 편히 행복하게 지내겠구나. 나는 아킬리나를 너무나 사랑해. 그래서 그녀가 그 늙은 두꺼비에게 매여 있는 것을 참을 수 없거든! 난 라 가르드 부인과 결혼할 거야!" 부사관이 소리쳤다.

"늙은 두꺼비라니!" 카스타니에가 고통스럽게 읊조렸다.

"마님 내외가 와요, 숨어요! 자, 거기 있으세요, 레옹 씨." 제니가 부사관에게 말했다. "바깥양반은 오래 머물지 않을 거예요." 카스타니에의 눈앞에 부사관이 탈의실 속 아킬리나의 드레스 뒤에 숨는 모습이 펼쳐졌다. 곧이어 카스타니에 자신이 무대에 등장하더니 자기 정부와 작별 인사를 나누었다. 그녀는 그에게 더없이 나긋나긋하고 애교떠는 말을 건네면서 한편으로는 제니와 함께 방백으로 그를 조롱했다. 그녀는 한쪽 얼굴로는 눈물을 흘렸고, 다른 쪽 얼굴로는 웃었다. 관객들이 후렴구를 따라부르는 소리가 들렸다.

"망할 놈의 여자!" 카스타니에가 자기 자리에서 소리쳤다.

아킬리나는 눈물이 날 정도로 웃으며 외쳤다. "세상에! 페를레는 영국 여자 분장을 하니까 웃기네요! 뭐예요? 객석에서 당신들만 웃지 않잖아요. 웃어봐요, 여보!" 그녀가 출납계원에게 말했다.

그 말에 멜모스가 웃기 시작했는데 그 모습이 출납계원을 전율에 빠뜨렸다. 그 영국식 웃음이 그의 뱃속을 뒤집어놓았고 마치 외과 의사가 불에 달군 쇠로 그의 머리를 열고 수술을 하는 것처럼 그의 두개골을 후벼 파는 느낌이었다.

"저들이 웃는다, 저들이 웃어." 카스타니에는 몸을 부르르 떨며 말했다.

그때, 페를레가 아주 우스꽝스럽게 연기하는 지나치게 얌전떠는 레이디가 영어와 프랑스어가 뒤섞인 말투로 객석에 웃음이 터져 나오게 만드는 장면 대신, 출납계원 눈앞에는 자신이 리셰 가를 빠져나와 대로변에서 삯마차에 오른 다음 마부와 베르사유로 가는 요금을 흥정하는 장면이 펼쳐졌다. 이어 베르사유의 오랑주리 가와 레콜레 가가 만나는 모퉁이에 있는, 자신의 옛날 용기병 부하가 운영하는 수상쩍은 여인숙이 나타났다. 시간은 새벽 두 시였고, 사방이 쥐 죽은 듯 고요했고, 그를 염탐하는 사람도 하나 없었고, 그가 타고 갈 장거리 마차가 대여섯 마리 역마에 묶여서 출발 대기 중이었다. 그 마차는 어떤 영국인이 거주하는 근처 파리 가로(街路)의 한 집에 있다가 그리로 온 것인데, 의심을 따돌리기 위해 그 영국인 이름으로 마차를 대절한 것이었다. 카스타니에는 유가증권과 여권을 빠짐없이 챙긴 터였다. 그는 마차에 올라 출발했다. 하지만 성문이 나타나고 무장한 보병 헌병들이 마차를 세우는 장면이 카스타니에 눈앞에 펼쳐졌다. 그 순간 카스타니에는 공포의 비명을 질렀으나 멜모스의 시선이 그 비명을 억눌러 입 밖으로 나오지는 않았다.

"계속 지켜봐, 그리고 입 닥쳐!" 영국인이 그에게 말했다.

카스타니에의 눈앞에 자신이 순식간에 콩시에르주리 감옥에 내동댕이쳐지는 장면이 펼쳐졌다. 이어서 <출납계원>이라는 제목의 드라마 제5막, 3개월이 흐른 시점, 20년 강제노역형을 선고받고 중죄재판소를 나서는 자신의 모습이 보였다. 그는 자신이 재판소 광장에 공시되고 형리가 벌겋게 달아오른 인두로 그에게 낙인을 찍는 모습을 보고 다시 비명을 질렀다. 마침내 제5막의 마지막 장면, 장소는 비세트르 감옥 연병장, 발목에 쇠사슬을 채우려고 세워둔 예순 명의 도형수들에 섞여 자기 차례를 기다리는 그의 모습이 보였다.

"맙소사! 하도 웃어서 웃을 힘이 없네." 아킬리나가 말했다. "여보, 왜 이렇게 침울해요, 무슨 일 있어요? 그 신사분은 어디로 가고 없네요."

"간단히 말하겠다, 카스타니에." 공연이 다 끝나고 라 가르드 부인이 물품보관소 여직원의 도움을 받아 코트를 입고 있을 때 멜모스가 그에게 말했다.

복도는 사람들로 가득해서 달아날 방도가 전혀 없었다.

"그래, 뭔데요?"

"그 어떤 인간의 힘으로도 네가 아킬리나와 함께 집으로 간 후 베르

사유로 떠났다가 거기서 체포되는 것을 막을 수 없다."

"왜지요?"

"왜냐하면, 너를 붙잡고 있는 팔이", 영국인이 말했다. "너를 절대로 놓아주지 않을 테니까."

카스타니에는 몇 마디 말을 내뱉어 스스로 끝장을 보고 지옥으로 사라질 수만 있다면 그렇게라도 하고 싶었다.

"악마가 너의 영혼을 원한다면, 그 대가로 신의 권능에 비견되는 힘을 너에게 준다면, 넌 네 영혼을 팔지 않을까? 간단히 말하지, 그러면 넌 뉘싱겐 남작의 금고에서 훔친 50만 프랑을 거기에 도로 갖다 놓을 수 있을 거야. 그러고는 너의 위조 신용장을 찢어버리고 모든 범죄의 흔적을 말끔히 지우는 거지. 요컨대 넌 넘치도록 황금을 소유하게 될 거야. 도저히 믿을 수 없지, 그렇지? 좋아! 그 모든 일이 진짜 일어나면 넌 적어도 악마의 존재를 믿게 될 거야."

"그렇게 되었으면!" 카스타니에가 기뻐서 말했다.

"그 일을 할 수 있는 사람이", 영국인이 대답했다. "확실히 보장하지."

카스타니에, 라 가르드 부인 그리고 멜모스, 이렇게 셋이 대로에 나섰을 때 멜모스가 팔을 뻗었다. 부슬비가 내리고 있었고 땅은 질척거렸으며 공기는 무거웠고 하늘은 캄캄했다. 그러나 그 남자가 팔을 뻗자마자 햇살이 파리를 환하게 비추었다. 카스타니에는 7월의 어느 맑은 날 한낮 같은 느낌이 들었다. 가로수 나뭇잎은 무성했고 나들이 나온 즐거운 표정의 파리 사람들이 양방향으로 열을 지어 오갔다. 코코넛 장사꾼들이 외쳤다. "음료 있어요! 신선해요!" 화려하게 꾸민 마차들이 도로를 달렸다. 출납계원은 공포에 질려 비명을 내질렀다. 그 비명에 대로는 다시 축축하고 어두워졌다. 라 가르드 부인은 먼저 마차에 올라타고 있었다.

"여보, 뭐예요, 서둘러요", 그녀가 카스타니에에게 말했다. "갈 거예요, 말 거예요. 정말 오늘 밤 당신은 저 내리는 비처럼 짜증이 나요."

"어떻게 해야 하는데요?" 카스타니에가 멜모스에게 물었다.

"나 대신 내 자리를 차지하고 싶은가?" 영국인이 그에게 말했다.

"물론입니다."

"좋아, 잠시 후 내가 너의 집에 가 있을 거야."

"아이참, 카스타니에, 평소답지 않게 왜 그래요." 아킬리나가 그에게 연신 말했다. "무슨 나쁜 짓을 궁리하고 있는 거예요? 당신 공연 내내 너무 침울하고 너무 딴생각에 빠져 있었어요. 이봐요, 뭔가가 필요해요? 내가 당신에게 해줄 수 있는 거예요? 말해봐요."

"당신이 날 사랑하는지 아닌지 확인하기 위해 집에 도착하기를 기다리고 있어."

"그때까지 기다릴 필요가 뭐 있어요." 그녀가 몸을 던져 그의 목을 감싸 안고 말했다. "자, 안아요!"

그녀는 그에게 갖은 교태를 부리며 열정적으로 키스를 퍼부었다. 그건 겉보기에 그럴듯했지만, 여배우들이 무대에서 하는 연기가 그렇듯이 그런 부류의 여자들에게는 충실한 직업 정신의 발휘에서 나온 행동이었다.

"이 음악은 어디에서 나오는 거지?" 카스타니에가 말했다.

"뭐예요, 드디어 당신 귀에 음악이 들리는군요, 지금 말이에요!"

"천상의 음악이야!" 그가 말을 이었다. "소리가 저 위에서 들려오는 거 같아."

"뭐예요, 이탈리아 극장의 일 층 칸막이 좌석을 배정해달라는 내 요청을 음악이 너무 시끄럽다는 핑계로 한사코 물리친 당신이 지금은 음악 애호가를 자처하다니! 하지만 당신은 지금 제정신이 아니에요! 당신이 말하는 음악은 당신 머리통 속에서 울리는 거예요, 이 낡고 고장 난 둥근 통속에서요!" 그녀가 그의 머리를 잡고 자기 어깨 위에다 굴리듯 비벼대며 말했다. "참나, 파파, 지금 마차 바퀴 소리가 노래로 들려요?"

"잘 들어보라니까, 나키? 천사가 하느님을 위해 곡을 연주한다면 그건 지금 내 두 귀뿐 아니라 온몸의 모공을 통해 내게로 들어오는 이 화음 같은 곡일 거야. 당신에게 그 소리를 어떻게 묘사해야 할지 모르겠지만 그건 꿀물처럼 감미로워!"

"뭐 확실히 사람들이 하느님에게 바치는 곡을 연주하기는 하지. 항상 하프를 가지고 천사 연기를 하니까. 솔직히 말해 이 사람 지금 미쳤어." 카스타니에게서 황홀경에 빠진 아편쟁이 같은 모습을 보고 그녀가 속으로 중얼거렸다.

그들이 집에 도착했다. 카스타니에는 조금 전 보고 들은 모든 것에 푹 빠져 믿어야 할지 말아야 할지 갈피가 안 잡히는 상태에서 이성을 잃고 취한 사람처럼 우왕좌왕했다. 그는 아킬리나의 침실에서 정신이 돌아왔다. 그가 마차에서 내리면서 기절했기 때문에 그의 정부와 문지기와 제니가 힘을 합쳐 그를 부축해 거기에 옮겨놓았던 것이었다.

"친구들이여, 친구들이여, 그분이 곧 오신다네." 그가 난롯가에 놓인 안락의자에 푹 파묻혀 절망스럽게 꿈틀대며 말했다.

그때 제니가 초인종 소리를 듣고 문을 열러 가더니 돌아와서 카스타니에와 만날 약속을 했다는 어떤 신사분이 찾아왔다고 말하며 그 영국인의 방문을 알렸다. 멜모스가 홀연히 등장했다. 거대한 침묵이 내려앉았다. 영국인은 문지기를 쳐다보았다. 문지기가 나갔다. 이어 제니를 쳐다보았다. 제니가 나갔다.

"부인", 멜모스가 창녀에게 말했다. "우리 둘이 아무도 알아서는 안 되는 일을 마무리 지어야 하는데 자리 좀 비켜주시겠습니까?"

그가 카스타니에를 손으로 잡자 카스타니에가 벌떡 일어났다. 둘은 등불도 밝히지 않은 채 거실로 이동했다. 멜모스의 눈이 칠흑 같은 어둠을 환히 밝혔기 때문이었다. 정체를 알 수 없는 낯선 이의 기묘한 시선에 홀린 아킬리나는 온몸의 힘이 빠져 자기 애인을 생각할 겨를도 없었다. 게다가 그녀는 애인이 의당 자기 하녀 방에 피신해 있는 줄 알았다. 그러나 제니는 생각보다 빠른 카스타니에의 귀가에 화들짝 놀라 엉겁결에 그를 안주인의 탈의실에 숨겼는데, 멜모스와 그의 희생자만을 위해 공연되었던 극 중 장면이 그대로 벌어진 셈이었다. 내실의 문이 거칠게 닫히더니 이내 카스타니에가 다시 나타났다.

"무슨 일이에요?" 그의 정부가 겁에 질려 소리쳤다.

출납계원의 모습은 돌변해 있었다. 불그스레했던 안색이 사라지고 난 자리를 차지한 낯선 창백함은 안 그래도 낯설어 보이는 사람을 음산하고 냉랭하게 보이게 했다. 그의 두 눈에서 나오는 음침한 불꽃은 끔찍한 광휘로 상대에게 상처를 입혔다. 호인 같았던 그의 태도는 강압적이고 자신만만했다. 창녀는 카스타니에가 홀쭉해졌다고 생각했다. 이마는 위풍당당함을 넘어 소름이 돋을 정도였다. 왕년의 용기병은 무거운 공기처럼 다른 사람들을 짓누르는 가공할 힘을 뿜어냈다. 아킬리나는 잠깐 어안이 벙벙했다.

"그 짧은 시간 동안 그 악마 같은 사람과 당신 사이에 대체 무슨 일이 있었던 거예요?" 그녀가 물었다.

"나는 그에게 내 영혼을 팔았느니라. 나는 내가 그 사람같이 느껴진다. 나는 이제 이전의 내가 아니다. 그가 내 존재를 가져갔고 그 대신나에게 그의 존재를 주었느니라."

"어떻게요?"

"너는 절대로 이해하지 못할 것이다. 아!" 카스타니에가 냉랭하게말했다. "그 사람이 옳았다, 그 악마가! 난 모든 것을 보고 모든 것을 아는 사람이다. 넌 그간 나를 속여왔다."

이 말에 아킬리나는 얼어붙었다. 카스타니에는 휴대용 초에 불을붙여 들고 탈의실로 갔다. 아연실색한 가련한 아가씨가 그의 뒤를 따랐다. 카스타니에가 옷걸이에 걸려 있는 드레스들을 젖히고 부사관을 찾아냈을 때 그녀의 놀라움은 극에 달했다.

"이리 오시게, 친구." 카스타니에가 레옹의 군복 외투 단추를 움켜쥐고 그를 침실로 끌고 가며 말했다.

피에몬테 여자는 얼굴이 창백해지고 정신이 혼미해져서 자기 안락의자로 가서 맥없이 쓰러졌다. 카스타니에는 불 가에 놓인 소파에 앉았고 아킬리나의 애인은 세워 두었다.

"당신은 퇴역 군인이십니다." 레옹이 그에게 말했다. "나는 당신과 결투할 준비가 되어 있습니다."

"어리석은 사람으로군." 카스타니에가 무뚝뚝하게 대답했다. "나는 이제 결투할 필요를 못 느끼네. 누구라도 내가 원하기만 하면 난 그자를 눈빛 하나로 죽일 수 있으니까. 내가 당신에게 닥칠 일을 말해주겠네, 애송이 양반. 내가 무엇 때문에 당신을 죽이겠는가? 당신 목에 이미 붉은 줄이 그어져 있어, 내 눈엔 그게 보여. 기요틴이 당신을 기다리는군. 맞아, 당신은 그레브 광장에서 죽게 될 거야. 당신 목숨은 형리에게 달렸어. 그 무엇도 당신을 구해줄 수 없어. 당신 패거리는 숯 판매 조직을 위장한 카르보나리당의 일원이야. 반정부 음모를 획책하고 있지."[*]

---

[*] 발자크는 역사적인 사실을 소설 속 상황과 인물에 자주 등장시킨다. 이 대목은 프랑스 역사에서 '라로셸의 4명의 부사관'이라 불리는 사건을 소재로 한 것이다. 나폴레옹 몰락 후 정권을 잡은 복고왕정은 군대에서 나폴레옹의 유산을 지우는 작업에 집중했다. 파리에 주둔하고 있던 제45 포병 연대도 그렇게 지휘관이 왕당파로 바뀐 부대였다. 그러나 나폴레옹 대군에 대한 향수를 가진 그 부대의 젊은 부사관들은 지휘관에 대한 불복을 넘어서 왕정복고 체제에 대한 반감을 공공연히 표현했다. 마침내 왕정은 1822년 1월에 제45 포병 연대를 대서양 연안 라로셸로 이전했다. 그 부대 소속이었던 20대 초반 4인의 젊은 부사관들은 나폴레옹의 영향을 받아 결성된, 이탈리아를 중심으로 유럽 전역에서 활동하던 자유주의 입헌 왕당파 비밀결사체인 '카르보나리당'과 연결되어 있었다. 이탈리아어로 '숯장이들'을 의미하는 '카르보나리'는 숲속에서 열리는 입회식이나 비밀집회를 '숯 판매'라고 불렀다. 부대 이전에 대한 불만을 기화로 젊은 부사관들이 주축이 되어 준비하던 봉기 계획은 그러나 사전에 발각되어 주동자 부사관 4명은 체포되었으

"당신 나에게 그런 말은 안 했잖아!" 피에몬테 여자가 레옹에게 소리쳤다.

"당신들은 당연히 모르겠지?" 출납계원이 아랑곳하지 않고 말을 이었다. "정부가 오늘 아침 당신네 조직을 기소하기로 결정했다는 사실 말이야. 검찰총장이 당신들 이름을 입수했어. 당신들은 국가반역죄로 기소됐어. 지금 이 순간 당신들에 대한 기소장에 들어갈 요건들을 준비하는 작업이 이루어지고 있지."

"이 사람을 밀고한 사람이 바로 당신이야?…" 아킬리나가 암사자처럼 포효하며 벌떡 일어나 카스타니에를 찢어발길 듯이 달려들며 말했다.

"그렇다고 생각하다니, 넌 그러기엔 나를 너무 잘 알잖아." 카스타니에가 냉혈한 어조로 쏘아붙이며 그의 정부를 돌처럼 굳게 만들었다.

"그렇다면 대체 이 사람을 어떻게 아는 건데?"

"아까 거실에 가기 전에는 당연히 몰랐지. 하지만 지금 나는 무엇이든 내다보고, 무엇이든 알며, 무엇이든 할 수 있지."

부사관은 얼이 나간 상태였다.

"아 좋아요, 그렇다면 이 사람을 구해줘요, 여보" 여자가 카스타니에의 무릎 앞에 몸을 던지며 울부짖었다. "이 사람을 구해주세요, 당신은 무엇이든 할 수 있잖아요! 앞으로 당신을 사랑할게요, 당신을 숭배

며, 그해 9월 파리의 그레브 광장(오늘날의 파리 시청 광장)에서 처형된다. '라로셸의 4명의 부사관'은 이후 여러 문학 작품의 모티프가 된다.

할게요, 당신의 정부가 아니라 당신의 종이 될게요. 당신이 말도 안 되는 변덕을 부려도 당신에게 복종할게요, 날 가지고 당신 하고 싶은 대로 다 하세요. 그래요, 당신을 위해 사랑 이상의 것을 찾아볼게요. 아버지에 대한 딸의 헌신을 바칠게요, 당연히 그 헌신에 결부된 다른 헌신도… 아무튼… 제발 헤아려주세요, 로돌프! 다시 말하지만, 내 열정이 다소 격렬하긴 하지만, 난 영원히 당신 거예요! 당신 마음을 움직이려면 내가 뭐라고 말해야 하나요? 이제까지 없던 새로운 쾌락을 안겨드릴게요… 난… 아, 하느님! 정말이지, 당신이 나한테 뭔가 바랄 때면, 예컨대 나더러 창문으로 뛰어내리라고 하고 싶으면 말이에요, 나에게 '레옹!'이라고만 말하면 돼요. 그러면 난 지옥에라도 몸을 던질 거예요, 어떠한 고문도, 어떠한 질병도, 어떠한 슬픔도, 당신이 내게 명하는 그 어떤 것이라도 감수할 거예요!"

카스타니에는 차가운 얼굴로 꿈쩍도 하지 않았다. 그 어떤 대답 대신 그는 레옹을 가리키며 악마의 웃음을 섞어 말했다. "기요틴이 그를 기다린다."

"천만에요, 이 사람은 여기서 한 발자국도 나가지 않을 거예요, 내가 이 사람을 구할 거예요." 그녀가 소리쳤다. "그래요, 난 누구든 이 사람 몸에 손대는 자를 죽여버릴 거예요! 당신은 무슨 까닭으로 이 사람을 구해주려 하지 않는 거죠?" 그녀가 눈에 불을 켜고 머리는 산발이 된 채 작렬하는 목소리로 부르짖었다. "당신은 할 수 있다면서요?"

"나는 무엇이든 할 수 있다."

"그런데 무슨 까닭으로 이 사람을 구해주지 않는 거죠?"

"무슨 까닭이냐고?" 카스타니에가 외쳤다. 그의 목소리는 마룻바닥까지 진동하게 했다. "이봐! 복수하는 거다! 악행을 저지르는 것이 나의 본업이다."

"죽는다고?" 아킬리나가 말을 받았다. "그가, 내 사랑이, 그게 말이 돼?"

그녀는 자신의 서랍장까지 날아가듯 달려가 바구니 안에 있던 단검을 집어 들고 카스타니에에게 달려들었다. 카스타니에는 웃음을 터뜨렸다.

"이제 어떤 칼도 내 몸을 찌를 수 없다는 것을 잘 알 텐데."

아킬리나의 팔이 갑자기 끊어진 하프 줄처럼 축 늘어졌다.

"나가시게나, 경애하는 친구여", 출납계원이 부사관 쪽으로 돌아서며 말했다. "당신 일터로 가시게."

그는 손을 뻗었다. 군인은 카스타니에가 발휘하는 우월한 힘에 굴복할 도리밖에 없었다.

"여기는 내 집이다. 나는 경찰관을 오게 해서 내 집에 침입한 자를 체포하라고 할 수도 있다. 하지만 그보다는 당신에게 선택할 자유를 주기로 하겠다. 나는 악마다. 나는 밀정이 아니다."

"나는 이 사람을 따라가겠어요." 아킬리나가 말했다.

"따라가라", 카스타니에가 말했다. "제니?…"

제니가 나타났다.

"문지기를 보내서 이자들이 타고 갈 삯마차를 불러오너라."

"자, 받아라, 나키!" 카스타니에가 호주머니에서 은행권 한 뭉치를 꺼내며 말했다. "너와 헤어지는 남자가 아직도 널 사랑하는데 네가 빈털터리 거지가 돼서 떠나면 안 되잖나."

그는 그녀에게 30만 프랑을 내밀었다. 아킬리나는 그 돈을 받아 바닥에 내동댕이치고는 절망으로 격분해서 그 돈을 짓밟고 침을 뱉으며 그에게 쏘아붙였다. "우리 둘은 당신 같은 자가 주는 돈은 한 푼도 안 받고 걸어서 갈 거다. 너는 남아라, 제니."

"잘 가라!" 출납계원이 자기 돈을 주우며 말을 이었다. "나는 여행에서 돌아왔다." "제니" 그가 얼이 빠진 하녀를 바라보며 말했다. "내 보기에 넌 참한 여자 같구나. 그런데 주인마님이 없는 신세가 되었구나, 이리 오너라!··· 오늘 밤 넌 새로운 주인을 맞이할 것이다."

아킬리나는 이 모든 게 믿기지 않은 상태에서 부사관과 함께 서둘러 자기 친구 집으로 갔다. 그러나 레옹은 이미 경찰의 수사망에 올라 있어서 그가 어디를 가든 경찰이 그의 뒤를 쫓았다. 그렇기에 그는 당시 신문이 전하는 바에 따르면, 그 후 얼마 안 돼서 자신의 동료 세 명과 함께 체포되었다.

출납계원은 자신이 정신적으로나 육체적으로나 완전히 변했다는 것을 실감했다. 카스타니에라는 존재, 어린아이에서 청년을 거치며, 사랑하고, 군인이 되고, 용맹을 떨치고, 사기를 당하고, 결혼하고, 환멸에 빠진 그 카스타니에, 금전 출납계원이 되고, 다시 사랑에 빠지고, 그 사랑 때문에 범죄자가 된 그 카스타니에는 이제 존재하지 않았다. 그의 내면 형체는 터져버렸다. 순식간에 그의 두개골 용량이 커졌고, 감각 기능은 확장되었다. 그의 사유는 세계를 아울렀고, 세상 만물을 까마득히 높은 곳에서 굽어보듯 휜히 들여다보았다. 극장에 가기 전에는 아킬리나에 대해 무분별하기 짝이 없는 정념에 사로잡혔지만, 그래서 그녀를 단념하느니 차라리 그녀의 부정에 눈을 감아버릴 정도였지만, 그러한 맹목적인 감정은 햇빛에 구름이 걷히듯 말끔히 사라져버렸다. 자기가 모시던 안주인을 승계한 데다 안주인의 재물까지 손에 넣어 행복해진 제니는 출납계원이 원하면 무엇이건 다 했다. 그러나 카스타니에는 영혼을 읽는 능력을 지녔기에 순전히 육체적인 그 헌신의 진짜 동기가 무엇인지 간파했다. 그래서 그는 버찌를 깨물어 달콤한 즙을 빨아 먹은 다음 씨를 뱉어버리는 어린아이의 장난기 가득한 탐욕처럼 그 젊은 여자를 가지고 놀았다. 다음 날, 함께 점심을 먹으며 그녀가 그 집의 안주인이 자기라고 생각하던 순간, 카스타니에가 커피를 마시다가 그녀가 속으로 중얼거리던 내용을 단어 하나하나 그대로, 생각 하나하나 그대로 그녀에게 또박또박 되풀이해주었다.

"애야, 넌 네가 지금 무슨 생각을 하는지 아니?" 그가 미소 지으며 그녀에게 말했다. "바로 이거지. '내가 그토록 원하던 이 아름다운 자단목(紫檀木)의 가구들, 몰래 입어보았던 이 아름다운 드레스들이 그러니까 모두 내 거야! 그 대가로 난 이 양반이 해달라는 짓거리들을 해주기만 하면 되지. 마님은 그걸 거부했는데 왜 그랬는지 몰라. 솔직히 말해 호화로운 마차를 타고 다닐 수만 있다면, 패물들을 가질 수만 있다면, 지정 좌석에 앉아 공연을 관람할 수만 있다면, 그리고 노년연금을 마련할 수만 있다면 난 이 양반에게 수만 번이라도 육체적 쾌락을 제공할 수 있어. 튀르크인처럼 강한 남자가 아니라면 그러다 기가 빠져 죽을 정도로 말이야. 그런데 난 이렇게 강한 남자를 본 적이 없어!' 바로 이거지?" 그가 제니를 창백하게 만든 목소리로 말을 이었다. "그래, 맞다, 얘야, 그런 일에 집착하지 않아도 된다. 내가 너를 내보내는 까닭은 다 너를 위해서다. 너 그러다 과로로 죽을지도 모르니까. 자, 우리 좋은 친구 사이로 헤어지자."

그리고 그는 그녀에게 얼마 안 되는 돈을 쥐여주고 냉정하게 해고했다.

카스타니에가 자신의 영원한 안식을 팔아서 산, 산 지 얼마 되지 않는 그 가공할 힘을 사용하기로 마음먹은 첫 번째 용처는 자신의 취향을 만족시키는 일이었다. 자신의 업무를 깔끔히 정리하고 뉘싱겐 씨에게 아무 일도 없었던 것처럼 회계 보고를 마치고 뉘싱겐 씨가 그의 후임으로 착실한 독일인을 뽑고 나자, 그는 옛 로마제국 시대 전성기에 견줄 만한 바쿠스제(祭)를 원했고, 바빌론 왕국 멸망 전 최후의 향연을 연 벨사차르처럼 거기에 필사적으로 탐닉했다. 그러나 벨사차르가 그랬듯 그는 환락이 한창일 때 빛으로 충만한 손이 나타나 그의 운명을 심판하는 글자를 적는 광경을 또렷이 보았는데, 다만 그 광경이 펼쳐진 곳은 실내의 좁은 벽면이 아니라 무지개가 뜬 광활한 천공이었다.[*] 그가 벌인 잔치는 사실 연회장 안에서의 향연이 아니라 그냥 모든 기력과 모든 향락의 탕진이었다. 잔치 식탁은 거의 땅바닥이나 마찬가지였으며 그마저도 그의 발밑에서 불안하게 흔들렸다. 그것은 무엇 하나

---

[*] 구약성경 『다니엘서』 5장 5절에 나오는 장면.

남기지 않고 모조리 탕진하는 난봉꾼의 마지막 축제였다. 악마가 그에게 넘긴 열쇠로 보물단지를 열고 그 안에 담긴 인간의 쾌락을 두 손 가득 퍼내던 그는 이내 빈 단지 밑바닥을 긁는 신세가 되었다. 순식간에 얻은 그 어마어마한 힘은 순식간에 집행되고 효력을 발휘하고 소진되었다. 전부였던 것이 전무로 변했다. 소유가 욕망이 써 내려가는 광대무변한 시들을 죽이는 경우는, 소유한 대상이 욕망이 꾸는 꿈에 좀처럼 호응하지 않는 경우는, 종종 나타나는 현상이다. 몇몇 열정의 그 슬픈 결말이 바로 멜모스의 전능이 감추고 있던 결말이었다. 인간 본성의 허망함이 멜모스의 승계자를 통해 돌연히 나타났으니, 그 지고의 권능이 승계자에게 지참금으로 허무를 가져다주었던 것이었다. 카스타니에가 처한 그 기묘한 처지를 제대로 이해하려면 그것이 얼마나 빠르게 변화했는지 주목해서 보아야 할 필요가 있으며, 또한 변화의 단계마다 지속 시간이 얼마나 짧은지 시간과 공간과 거리의 법칙에 갇혀 있는 사람들은 변화가 있었다는 사실조차 알아차리기 쉽지 않다는 점을 참작해야 할 필요가 있을 것이다. 갑자기 커진 카스타니에의 능력은 그와 세상이 맺고 있던 이전의 관계 양상을 바꾸었다. 멜모스가 그랬듯 카스타니에도 순간 이동을 해서 힌두스탄의 그림 같은 협곡에 가 있을 수 있었고, 악마의 날개를 타고 아프리카 사막을 횡단할 수 있었으며, 대양 위를 미끄러져 건널 수 있었다. 그의 시선이 어떤 사물이나 타인의 머릿속에 닿는 순간 그의 통찰력이 작동해 모든 것을 꿰뚫어 보았던 것처럼 그의 혀도 이를테면 세상의 모든 맛을 단번에 감지해냈다. 그의 쾌락은 폭정의 도끼와 같아서 나무의 열매를 얻기 위해 그 나무를 찍어 쓰러뜨렸다. 기쁨과 고통을 조절하며 인간의 모든 향락을 다양하게 변주시키는, 한 상태에서 다른 상태로의 점진적 전이나 교체 같은 것은 그에게 더는 존재하지 않았다. 극도로 예민해졌던 그의 미각은 모든 것을 포식하면서 갑자기 무뎌졌다. 여자와 산해진미 음식을 쾌락 그 이상의 위치에서 맛볼 수 있게 되고부터 그 두 쾌락이 너무나도 완벽하게 충족되는 바람에 그에겐 먹고 싶은 마음도 사랑하고 싶은 마음도 사라졌다. 그는 원하기만 하면 모든 여자의 주인이 될 수 있다는 점을 알고부터, 절대 실패하지 않는 힘으로 무장했다는 점을 알고부터 더는 여자를 원하는 마음이 생기지 않았다. 여자들이 말도 안 되는 그의 변덕에 무조건 복종할 것이라는 사실을 미리 알고부터는 사랑에 대한 극심한 갈증이 몰려왔고, 더 이상 사랑스러울 수 없는 최고의 여자들을 욕망했다. 그러나 세상이 그에게 거부하는 유일한 것이 있었으니 그것은 믿음과 기도라는 두 개의 사랑, 경건과 위로를 안겨주는 그 두 가지 사랑이었다. 사람들은 모두 그에게 복종했다. 그것은 끔찍한 상황이었다. 그의 육체와 영혼을 뒤흔드는 고통과 쾌락과 상념의 격랑은 인간이라는 피조물 중 가장 강한 존재를 휩쓸어 가버렸다. 그래도 그의 내부에서는 그를 휘감는 격한 감정과 균형을 이루는 어떤 생명력이 꿈틀거렸다. 그는 자기 안에 이 지상의 세계가 더는 만족시킬 수 없는 거대한 그 무엇이 있음을 느꼈다. 그는 선명하고 필사적인 직관을 통해 아는 그 광명의 세계 위를 날개를 활짝 펼치고 날고 싶다는 염원으로 나날을 보냈다. 그의 내면은 나날이 야위어갔다. 마시지도 먹지도 못하는, 그러나 도저히 거역할 수 없게 그를 끌어당기는 그 어떤 것에 대한 목마름과 굶주림에 시달렸기 때문이다. 그의 입술은 멜모스의 입술이 그랬던 것처럼 욕망으로 붉게 타올랐다. 그는 이미 모든 것을 다 알고 있으므로 미지의 것을 갈구했다. 세상의 원리와 메커니즘을 훤히 꿰고 있기에 그는 그 결과들에 대해서 이제 감탄하지 않았으며, 남들보다 우월한 사람을 모든 것을 알고 모든 것을 보면서도 침묵의 부동성을 견지하는 스핑크스와 같은 반열에 올려놓는 그 깊은 경멸을 주저 없이 내비쳤다. 그는 자신의 앎을 다른 누구와 공유할 마음이 눈곱만큼도 없었다. 천하를 다 가진 부자이고 천하를 단숨에 건너뛸 수 있는 능력을 지닌 그이기에 부와 권세는 그에게 더 이상 아무런 의미도 갖지 못했다. 그는 자신이 지닌 그 지고의 권능에 대해 끔찍할 정도의 우울감을 느꼈다. 그런데 그 우울감은 사탄과 신이 자기들만 아는 비법을 통해서만 치유할 수 있는 것이었다. 카스타니에는 자신의 스승과 마찬가지로 증오하고 악행을 일삼는 절대 잠재울 수 없는 그런 힘을 가진 것은 아니었다. 그는 자신이 악마라는 느낌은 들었다. 그러나 사탄이 영원한 악마라면 그는 아직은 덜된 악마였다. 그 어떤 것도 사탄을 구원할 수 없다는 사실, 사탄은 그 사실을 잘 알고 있다. 그래서 사탄은 자신의 삼지창으로 두엄더미 뒤엎듯 세상을 뒤집어놓으며 희희낙락한다. 지상에서의 하느님의 계획에 훼방을 놓으면서 말이다. 불행하게도 카스타니에는 구원의 희망을 품고 있었다. 그래서 그는, 새장에 갇힌 새가 필사적으로 푸드덕거리며 새장 안을 왔다 갔다 하듯이, 갑자기 순식간에 극에서 극으로 비약을 했다. 그렇지만 그렇게 새처럼 비약하고 난 후 그의 눈에 들어오는 건 광활한 대지였다. 그렇게 무한으로부터 본 광경은 그가 인간의 일들을 더는 다른 사람들처럼 볼 수 없게 만들었다. 악마의 권능을 바라는 광인들은 자신들이 악마의 힘을 가짐으로써 악마의 생각도 짊어지게 되지만 몸은 인간으로 남아 그들을 이해하지 못하는 사람들에 둘러싸여 있어야 할 운명이라는 점을 예측하지 못한 채, 그저 인간의 생각을 가지고 악마의 권능을 판단하게 된다. 극장에서 가상의 화재 장면을 연출하듯 심심풀이로 파리를 불태우는 꿈을 꾸는 전대미문의 네로는 실제로 자신에게 파리라는 대도시쯤은 갈길 바쁜 여행자의 발에 치이는 길가의 개미집에 지나지 않는다는 사실을 짐작조차 하지 못하는 것이다. 카스타니에에게 세상의 모든 지식은 풀이말을 이미 알고 있는 자 앞에 제시된 글자 수수께끼일 뿐이었다. 세상의 그 어떤 왕과 정부도 그에게는 새 발의 피일 뿐이었다. 그러므로 그의 폭주하는 방탕은 어떤 점에서 보자면 자신의 인간 조건에 고하는 통한의 작별 인사였는지도 모른다. 그는 지상에서 갑갑함을 느꼈으니, 그건 그가 지닌 지옥의 권능 덕에 처음부터 끝까지 창조 과정을 엿보며 그 장대한 스펙터클에 참여했기 때문이었다. 세상 모든 인간이 저마다의 언어로 하늘이라 부르는 것에서 자신이 배제되는 것을 경험하고부터는 그의 머릿속 생각은 오로지 하늘뿐이었다. 그제야 그는 자기 전임자의 얼굴 위로 내비쳐졌던 내면의 초췌함이 이해되었고, 늘 배반당하기만 하는 희망 때문에 충혈된 그 시선의 너비를 가늠하게 되었고, 그 붉은 입술을 타들어 가게 했던 갈증과 강해진 두 본성의 끝날 줄 모르는 대결에서 오는 고뇌를 자신도 느끼게 되었다. 그는 아직은 천사가 될 가능성이 있는 악마의 상태였다. 그는 마법사의 주술에 걸려 험악한 육신 속에 갇힌 어여쁜 여인, 폭압적인 계약의 포로 상태에다 혐오감을 불러일으키는 끔찍한 외모를 깨고 나오기 위해선 다른 이의 개입이 필요한 그런 어여쁜 여인 같은 신세였다. 진정으로 위대한 남자가 한 번의 실망 후에도 굴하지 않고 오로지 여인의 마음속에서 무한한 사랑의 감정을 끌어내려고 더 많은 열의를 다지기만 하는 것과 마찬가지로, 카스타니에는 갑자기 오직 하나의 생각에, 어쩌면 더 높은 세계의 문을 여는 열쇠가 될지도 모르는 생각에 무겁게 짓눌렸다. 축복받은 영원한 삶은 이미 포기했다는 그 단 하나의 이유로 그는 기도하고 믿는 사람들의 미래 말고는 다른 아무것도 생각하지 않았다. 그가 자신의 힘을 마음껏 발휘해온 방탕에서 벗어나 그러한 자각의 압박을 느끼자, 거룩한 시인들이나 사도들이나 믿음의 위대한 신탁들이 그토록 장엄한 말로 우리에게 묘사해준 바 있는 그 고통이 그를 찾아왔다. 불타오르는 검*의 날카로운 칼끝이 허리를 파고드는 것을 느낀 그는 자신의 전임자가 어떻게 되었는지 알아보기 위해 멜모스에게로 달려갔다. 그 영국인은 생 쉴피스 대성당 근처 페루 가에 있는, 빛이 안 들어 음침하고 습하며 냉랭한 어떤 집에 거주하고 있었다. 북향인 이 길은 센강 좌안과 직각으로 연결되는 모든 길이 그렇듯이 파리에서 아주 우울한 길 중 하나이며, 그 길의 그러한 특징은 길가에 늘어선 집들에 고스란히 투영되어 있다. 카스타니에가 그 집 현관에 도착해보니 출입문에는 검은 휘장이 늘어뜨려져 있었고 둥근 천장에도 역시 검은 천이 드리워져 있었다. 그 둥근 천장 아래 꾸며진 안치소

---

* 악마를 물리치는 대천사 미카엘의 검.

를 밝히고 있는 촛불들이 휘황찬란했다. 거기엔 임시 묘비가 세워져 있었고, 그 가묘 좌우에 한 명씩 사제가 자리를 지켰다.

"무슨 일로 오셨는지 굳이 여쭐 필욘 없겠네요." 문지기 노파가 카스타니에에게 말했다. "당신은 고인이 된 저 불쌍한 분과 너무도 닮았군요. 저분과 형제이신가 본데 임종을 지키기에는 너무 늦게 오셨습니다. 저 선한 신사분은 그저께 밤에 작고하셨습니다."

"어떻게 돌아가셨는지요?" 카스타니에가 한 사제에게 물었다.

"염려하지 마십시오." 늙은 사제가 안치소를 둘러싼 검은 휘장들 한쪽을 들어 올리며 그에게 대답했다.

카스타니에의 눈에 믿음으로 숭고의 경지에 오른 그러한 표정을 짓고 있는 얼굴이 들어왔는데, 그 얼굴의 모공마다 영혼이 뿜어져 나와 가없는 사랑의 마음으로 다른 사람들을 환하게 비추고 따뜻하게 품어 주는 것 같았다. 그 사람은 존 멜모스 경의 고해신부였다.

"당신의 형제께서는", 사제가 말을 이었다. "부러워할 만한 임종을 맞았습니다. 필시 천사들도 흐뭇해했을 겁니다. 죄지은 영혼의 회심이 하늘나라에 얼마나 큰 기쁨을 주는지 당신도 알 거요. 그가 은총을 받고 뉘우치며 흘린 눈물은 마를 새가 없었으니 오직 죽음만이 그 눈물을 멈출 수 있었다오. 성령이 그 사람 안에 머물렀지요. 타오르는 듯 격렬했던 그의 말들은 예언자 왕*을 방불케 했다오. 내 한평생 사제의 직무를 행했지만, 그 아일랜드 신사의 고백보다 더 경외감을 안기는 고백은

---

* 사제는 구약의 『시편』 다윗의 노래를 암시하는 것으로 보인다.

일찍이 들어본 적이 없습니다. 그보다 더 뜨거운 기도는 일찍이 들어본 적이 없습니다. 그의 잘못이 제아무리 크다 할지라도 그의 뉘우침으로 그 잘못이 파놓은 깊은 심연을 단 한 번에 메웠소. 하느님의 손길이 친히 그 사람을 어루만졌음이 틀림없는 것이 그 사람은 더 이상 이전의 그가 아니었기 때문인데, 그만큼 그 사람은 성자처럼 선한 모습으로 변모했소. 그토록 완고하기만 했던 그의 두 눈은 눈물에 젖어 부드럽게 변했소. 그토록 거슬리고 위압적이었던 그의 목소리는 겸손한 사람들의 특징인 우아하고 부드러운 목소리로 바뀌었다오. 그의 연설은 듣는 이들을 깊이 감화시켰기에 이 기독교도의 죽음을 보려고 몰려온 사람들은 모두 무릎을 꿇고 하느님의 영광을 찬양하고 그분의 끝없는 위대함을 말하며 하늘나라의 것들을 전하는 노래에 귀 기울였소. 그는 비록 자기 가족에게 아무것도 남기지 않았지만, 가족이 소유할 수 있는 가장 커다란 재산, 곧 당신들 모두를 굽어살피며 좋은 길로 인도해줄 거룩한 영혼을 당신들이 지닐 수 있게 해주었습니다.”

사제의 이 말은 카스타니에에게 커다란 충격을 안겨주었다. 그는 그 자리를 박차고 나가 무슨 숙명에 이끌린 듯 생 쉴피스 교회 쪽으로 걸어갔다. 멜모스의 회개가 그를 일대 혼란에 빠뜨렸던 것이었다. 그 시절, 웅변으로 유명한 어떤 유명한 사람이 일주일에 며칠 아침마다 그 교회에서 강연을 열었는데, 강연의 목적은, 그 사람 못지않게 뛰어난 웅변술을 가진 다른 사람이 신앙에 무관심한 시대라고 규정한 바 있는 그 시대의 젊은이들에게 가톨릭교의 진실을 알리는 것이었다. 그날의 강연은 아일랜드인의 장례미사로 대신하기로 되어 있었다. 카스타니에가 도착했을 때는 마침 설교자가 자신을 유명인으로 만들어준 그 특유의 우아한 몸짓과 적확한 말투로 우리의 행복한 미래에 대한 증거들을 요약해주려고 하던 참이었다. 육신 밑에 악마가 스며들어 있는 왕년의 용기병 장교는 사제가 뿌리는 신의 말씀이 잘 발아할 수 있는 아주 적합한 여건을 갖추고 있었다. 사실 존재가 입증된 현상이 하나 있다면 그것은 바로 사람들이 맹신이라 부르는 정신 현상이지 않을까? 믿음의 힘은 인간이 자신의 이성을 얼마만큼 발휘하느냐에 따라서 결정된다. 단순한 사람들이나 군인들이 그 비례관계를 잘 보여준다. 본능이 가리키는 대로 쫓아가기만 하는 삶을 산 사람들은 복잡미묘한 세상사에 정신과 마음이 모두 지친 사람들보다 성령의 빛을 받아들이는 데 훨씬 더 최적화되어 있는 법이다. 열여섯 살 때부터 거의 마흔 살까지 남부 출신의 카스타니에는 프랑스 국기만 따라다니는 삶을 살았다. 매일을 하루같이, 전날도, 다음 날도 변함없이 전투를 벌여야만 했던 우직한 기병이었던 그는 자기 자신보다 자신의 말(馬)을 먼저 생각해야만 했다. 따라서 군 복무 초기에 그는 자신의 미래에 대해 곰곰이 생각해볼 시간이 거의 없었다. 장교가 되고 나서는 자기 부하들 통솔에 여념이 없었으며, 죽음 이후를 생각할 겨를도 없이 이 전투에서 저 전투로 끌려다니기만 했다. 군대는 생각을 별로 요구하지 않는 곳이다. 국가 간 이해관계, 정치 전략과 군사작전 전략, 책략가의 수완과 행정가의 능력 등을 통달하여 종합적으로 판단하는 그런 고도의 경지에 도달할 능력이 없는 사람들은 프랑스에서 가장 낙후된 지방, 거기서도 가장 투박한 농부나 다를 바 없는 그러한 무지한 상태에서 군대 생활을 영위한다. 그런 사람들은 그냥 앞으로 돌진하고, 그들에게 명령을 내리는 자에게 맹목적으로 복종하며, 나무꾼이 숲에서 나무를 쓰러뜨리듯 자기 앞에 나타나는 적을 죽인다. 그들은 육체적인 힘의 발휘를 요구하는 폭력 상태에서, 그러다 입은 상처를 치료하고 기운을 차리는 휴식 상태로의 이동을 끊임없이 반복한다. 그들은 공격하고 마시고, 공격하고 식사하고, 공격하고 잠자기를 끝없이 반복하는데, 그 모두가 더 잘 공격하기 위함이다. 이 끝없는 소용돌이 과정에서 지적 능력이 발휘되는 경우는 거의 없다. 정신은 원초적인 단순한 상태에 머물러 있을 뿐이다. 전쟁터에서는 원기 왕성했던 그들이 문명 세계로 돌아오면, 낮은 계급에 속했던 그들 대부분은 습득된 지식도, 능력도, 자질도 없다는 것이 대번에 드러난다. 사정이 그렇기에 요즘의 젊은 세대는 우리의 영광스럽고 용맹무쌍했던 군대 출신들이 일개 사환이나 다를 바 없이 지적 능력이 떨어지고 어린아이처럼 단순무식한 것을 접하고 깜짝 놀라는 것이다. 날쌔고 용맹한 황실근위대 출신 대위라도 신문 구독영수증 하나 제대로 작성하지 못하는 경우가 허다하다. 늙은 군인들이 그러할 경우 이성적인 추론 능력을 한 번도 발휘한 적이 없는 그들의 영혼은 강한 충동에 따라 움직이기 마련이다. 카스타니에가 저지른 범죄는 수많은 의문을 제기하기 때문에 도덕론자가 심도 있는 논의를 위해서는 의회에서 종종 활용되는 이른바 사안별 분리 심의라고 하는 절차를 요구해야 할 그러한 사안에 속했다. 카스타니에의 범죄는 정염이 사주한 것이었다. 여성이 부리는 마술에 불 지펴진 정염은 도저히 거역할 수 없는 성질의 것이라서 일단 유혹의 사이렌이 울려 갈등이 일어나고 이어서 온갖 환영이 펼쳐지면 그 어떤 남자도 '난 절대로 그 짓을 하지 않을 거야'라고 말할 수 없게 되어 있다. 프랑스 대혁명과 이어지는 군 복무로 인해 내내 무시하고 살았던 종교적 진실을 처음으로 새롭게 맞이한 카스타니에의 의식 위로 생명의 말씀이 내려앉았다. "그대는 영원한 내세에 행복해질 수도 있고 불행해질 수도 있느니라!", 이 무시무시한 말은 그에게 강한 충격을 주었는데, 그가 그동안 대지를 너무 혹사해서 열매 들지 않은 나무를 흔들 듯 그렇게 마구 다루었던 만큼, 그리고 그의 욕망이 전능했기에 대지나 하늘의 어느 한 지점이 그에게 금지되어 있기만 해도 그 전능한 욕망을 유감없이 발휘해왔던 만큼, 그 충격은 더욱 강력했다. 그처럼 엄청난 사안을 사회에서 흔히 일어나는 하찮은 사례에 비교하는 것이 허락된다면, 그는 사회에서 다른 어떠한 거부도 당하진 않지만 단 하나, 전통 귀족계급의 일원으로는 받아들여지지 않기 때문에 고정관념처럼 그 일원이 되겠다는 생각에 사로잡힌 수백만 프랑의 자산을 가진 부유한 은행가의 처지에 비교될 수 있을 것이다. 그 부유한 은행가는 딱 하나의 특권이 자신에게 없다는 것을 자각한 순간, 자기가 획득한 그 모든 다른 사회적 특권이 아무 소용이 없다고 생각한다. 카스타니에, 지상의 왕들을 모두 합한 것보다 더 힘이 센 그 남자는, 사탄처럼 하느님 자체와 맞서 싸울 수 있었던 그 남자는 생 쉴피스 교회의 열주 중 하나에 몸을 기댄 채, 어떤 감정의 무게에 짓눌린 듯 굽은 자세로 미래에 관한 생각에 골똘히 잠겼다. 마치 이전에 멜모스 자신이 그런 생각에 빠져들었던 것처럼 말이다.

"그 사람은 참으로 행복하도다!" 카스타니에가 부르짖었다. "그는 하늘나라에 간다는 확신을 품고 죽었다."

　그때 갑자기 출납계원의 생각에 엄청나게 큰 변화가 일어났다. 며칠 동안 악마가 되어 살았지만, 그는 하나의 인간, 세상의 모든 기원 신화 속에서 그려지는 최초의 추락 이미지인 하나의 인간에 지나지 않은 존재가 되었다. 그러나 형태상으로는 다시 미미한 존재로 돌아왔지만, 그는 이미 거대한 원리를 터득한 존재, 무한 속에 몸을 담갔던 존재였다. 지옥의 권능이 그에게 이미 신의 권능을 일깨워놓았다. 그는 너무나도 빨리 소진되고 마는 지상의 쾌락에 대한 굶주림보다 하늘에 대한 목마름이 더 강했다. 악마가 약속하는 쾌락은 확장된 지상의 쾌락에 지나지 않지만, 천상의 쾌락은 경계가 없다. 그 남자는 하느님의 존재를 믿었다. 세상의 보물이 그에게 건넨 말은 그에게 더는 아무런 의미가 없었다. 그러한 보물은 다이아몬드를 사랑하는 사람들의 눈에 자갈이 그렇듯이 그에게 아무런 가치도 지니지 않은 것으로 여겨졌다. 그의 눈에는 그 보물이 내세의 영원한 아름다움과 비교해보았을 때 반짝이는 유리 세공품에 불과한 것으로 보였다. 그에게 지상의 원천에서 유래한 재물은 저주받을 것이었다. 그는 멜모스를 위한 장례미사에 귀를 기울이며 끝없는 어둠 속으로, 침통한 생각 속으로 잠겨 들었다. 디에스 이레*가 울려 퍼지자 그가 화들짝 놀라 깨어났다. 그는 신의 존엄성 앞에서 떠는 회개하는 영혼의 외침을, 그 위엄을 고스란히 이해했다. 그는 화염이 짚을 집어삼키듯 그렇게 갑자기 성령의 불길에 삼켜졌다. 그의 눈

---

*　레퀴엠에서 '진노의 날'이라고 불리는 곡.

73

에서 눈물이 하염없이 흘러내렸다.

"고인의 친척입니까?" 교회지기가 그에게 말했다.

"그의 상속자요." 카스타니에가 대답했다.

"미사 예물을 위해 헌금하십시오." 문지기가 그에게 소리쳤다.

"됐소." 악마의 돈을 교회에 낸다는 게 내키지 않은 출납계원이 말했다.

"가난한 사람들을 위해."

"됐소."

"교회 건물 개보수를 위해."

"됐소."

"성모 마리아 기도실을 위해."

"됐소."

"신학교를 위해."

"됐소."

카스타니에는 교회에 있던 여러 사람의 성난 시선을 피해 그 자리에서 빠져나왔다. "왜", 그가 생 쉴피스를 쳐다보며 중얼거렸다. "왜 사람들은 내가 이 나라 어디서나 보는 저런 어마어마한 대성당들을 세운 것일까? 어느 시대건 대중이 공유하는 그러한 감정은 필시 무언가에 근거를 두고 있는 거겠지."

"너는 하느님을 그래 무언가라고 칭하는 거냐?" 그의 양심이 그에게 일갈했다. "하느님이라고! 하느님! 하느님!"

내면의 목소리에 의해 반복되는 그 말이 그를 위협했다. 그러나 그가 느낀 공포심은 전에 이미 한번 어렴풋이 들었던 적이 있는 그 감미로운 음악의 화음이 아스라이 떠오르며 어느 정도 누그러졌다. 그는 그 하모니를 교회에서 흘러나오는 노래이겠거니 여기며 교회 정문과의 거리를 가늠해보았다. 그러나 주의 깊게 귀를 기울이던 그는 사방에서 음악이 들려온다는 것을 알아차렸다. 그는 광장을 쳐다보았다. 광장에는 어떤 연주자도 없었다. 그 멜로디는 그의 마음속에 청명한 시심과 어렴풋한 희망의 빛을 안겨주었지만, 그와 동시에 고통에 짓눌려 살다 간 여느 사람처럼 파리에서 세상을 하직한 그 저주받은 자가 살아생전 내내 가슴에 품었을 회한을 한층 증폭시켜 그에게 옮겨놓았다. 그는 사방을 두리번거렸으나 아무것도 눈에 들어오지 않았다. 그는 할 일 없는 사람처럼 정처 없이 걸었다. 그는 뜬금없이 멈춰 섰다가 혼잣말로 중얼거리다가를 반복했으며, 갑작스럽게 나타난 널빤지나 마차 바퀴 따위는 부딪치거나 말거나 아랑곳지 않았다. 사무치는 뉘우침이 그를 자신도 모르는 새에 용서로, 은근하면서도 무섭게 가슴을 북받치게 만드는 그런 용서로 이끌었다. 곧이어 그의 얼굴에, 이전에 멜모스의 표정이 그랬던 것처럼, 뭔가 진중한, 그러나 무심해 보이는 표정이 나타났다. 절망에 빠진 사람의 표정처럼 슬픔이 감도는 차가운 표정, 그리고 희망을 붙잡으려는 갈급한 욕구가 담긴 표정. 이어서 이 저열한 세계의 모든 부귀영화에 대한 혐오의 표정이 다른 모든 표정을 집어삼켰다. 무서울 정도로 반짝이는 그의 시선 뒤에는 더할 나위 없이 간절한 기도가 감춰져 있었다. 그가 겪는 고통은 그가 지닌 권능의 크기에 비례했다. 격심하게 동요하는 그의 영혼은 강풍에 키 큰 전나무가 휘어지듯 그의 몸을 휘청이게 했다. 그의 전임자처럼 그도 스스로 목숨을 끊을 수 없었던 것이 지옥의 멍에를 쓰고 죽고 싶지는 않았기 때문이었다. 형벌의 고통이 참을 수 없는 수준에 다다랐다. 마침내 어느 날 아침, 그는 하늘의 축복을 받고 귀의한 멜모스가 그에게 자기 자리를 물려받겠냐고 제안했었고 그가 그 제안을 받아들였었다는 사실을 떠올렸다. 이어서, 모르긴 해도 다른 사람들도 그와 똑같이 반응할 가능성이 있다는 생각이 들었다. 종교에 대한 파멸적인 무관심이 다른 사람도 아닌, 초기 교회의 거룩한 교부들의 웅변을 물려받은 계승자들에 의해 천명되는 시대이니만큼, 그 계약 조항들에 복종해 이득을 챙기려는 사람을 하나쯤은 쉽게 찾을 수 있을 터였다.

"왕의 값어치가 얼마인지 시세도 정하고 백성들의 무게도 저울로 재며 제도들의 가치도 결정하는 곳이 한 군데 있다. 거기서는 정부의 가치도 백 수 짜리 동전*을 척도로 측량되며, 사상과 믿음도 수치로 계산된다. 거기서는 모든 것이 할인되어 거래된다. 교황도 거기에 자신의 계좌를 가지고 있는 것을 보면, 거기서는 하느님마저도 자신의 피조물들의 영혼에서 나온 수입을 담보 삼아 빌리고 빌려준다. 거래할 영혼을 하나 찾을 수 있는 곳이 있다면 바로 거기가 아닐까?"

카스타니에는 마치 국공채를 거래하듯이 영혼도 거래할 수 있으리라 생각하고 즐거운 마음으로 증권거래소로 향했다. 평범한 사람이라면 증권거래소에서 자기가 무시당할까 봐 두려워했을 것이다. 그러나

---

* 5프랑에 해당하는 구체제의 동전.

카스타니에는 절망에 빠진 사람에겐 무엇이든 귀에 솔깃하게 들린다는 사실을 경험을 통해 알고 있었다. 사형선고를 받은 죄인에게 어떤 미치광이가 다가와 자기는 자물쇠로 잠긴 감옥 문을 자유롭게 넘나들수 있다고 어이없는 말로 허풍을 떨어도 사형수는 귀를 쫑긋 세우기 마련이듯이, 빚의 고통에 허덕이는 사람은 귀가 얇을 수밖에 없으며, 물에 빠진 사람이 움켜쥐려다 부러뜨린 나뭇가지처럼 파산한 신세가 되고 나서야 비로소 어떤 생각을 포기한다. 오후 네 시 무렵, 카스타니에는 국공채 거래가 마감되고 나서 여기저기 무리를 지어 모여 있는 사람들 사이로 모습을 나타냈다. 그때는 사인(私人) 간 유가증권 거래와 순전히 상업적인 거래가 이루어지는 시간대였다.** 그는 몇몇 거래인들과 이미 구면이었던 터라 누군가를 찾는 척하면서 곤경에 처한 사람들에 관한 소문을 탐문할 수 있었다.

"이봐, 나랑 클라파롱 회사를 두고 거래 교섭을 하자고 하다니, 어림 반푼어치도 없는 소리 말게. 그들은 오늘 오전 중앙은행 직원이 그들이 지급해야 할 증권을 회수해갔는데도 속수무책이었어." 웬 뚱뚱한 은행가가 평소 하던 말투로 거리낌 없이 말했다. "그 증권 가지고 있다면 잘 보관하도록 해."

언급된 클라파롱이라는 자는 중정에서 어떤 남자와 진지하게 이야기를 나누고 있었는데, 그 남자는 고리로 어음할인을 하는 것으로 유명

** 당시 증권거래소에서는 정오부터 오후 세 시까지 국공채 거래가 이루어지고, 세 시부터 다섯 시까지 그 외의 거래가 이루어졌다.

한 사람이었다. 카스타니에는 지체하지 않고 클라파롱이 있는 곳으로 향했다. 클라파롱은 일확천금을 할 수도 있고 일거에 망할 수도 있는 위험부담이 큰 투기를 일삼는 도매상인으로 알려진 자였다. 카스타니에가 클라파롱에게 접근했을 때는 어음할인업자가 막 자리를 떠난 다음이었다. 투기꾼은 절망에 빠진 동작을 크게 내비친 후 망연자실한 상태였다.

"어이, 클라파롱. 중앙은행에 갚아야 할 돈이 10만 프랑이군. 시간은 벌써 네 시고. 벌써 소문이 다 퍼졌소. 얼마 안 되는 금액이지만 파산을 막을 시간이 이제 없네." 카스타니에가 그에게 말했다.

"선생님!"

"목소리를 낮추시게." 출납계원이 대답했다. "당신이 필요한 만큼의 돈을 구할 수 있는 사업을 당신에게 제안할까 하는데…"

"그런 사업이 있더라도 내 빚을 갚을 수 없을 거요. 내가 알기론 무르익을 시간이 필요하지 않은 사업이란 있을 수 없으니까."

"나는 당신이 진 빚을 일거에 상환할 수 있는 사업을 알고 있소." 카스타니에가 대꾸했다. "하지만 그 대가로 당신이 해야 할 일은…"

"그게 무슨 일이오?"

"당신 몫의 천국을 파는 일. 그건 여느 사업과 다르지 않은 하나의 사업 아니겠소? 우리 모두 영원을 거래하는 기업의 주주들이니까."

"내가 누군 줄 알고 이러는 거요? 난 당신 같은 사람의 따귀를 갈길 수도 있소…." 분개한 클라파롱이 말했다. "불행에 빠진 사람에게 이런 저열한 농담을 하면 안 되지."

"나는 지금 진지하게 이야기하고 있소." 카스타니에가 호주머니에서 지폐 뭉치를 꺼내며 말했다.

"무엇보다도", 클라파롱이 말했다. "나는 곤경에 처했다고 내 영혼을 악마에게 팔고 싶지는 않소. 50만 프랑은 돼야…"

"누가 당신에게 쩨쩨한 제안을 한단 말이오?" 카스타니에가 불쑥 끼어들었다. "당신은 중앙은행 지하창고에 있는 돈보다 더 많은 돈을 손에 넣을 수도 있소."

그는 지폐 뭉치를 내밀었고 그 돈을 보고 투기꾼이 마음을 정했다.

"좋소!" 클라파롱이 말했다. "그런데 어떻게 하면 되오?"

"저쪽, 아무도 없는 곳으로 가시오." 카스타니에가 중정 구석을 가리키며 대답했다.

클라파롱과 그의 유혹자가 둘 다 벽 쪽으로 얼굴을 향한 채 몇 마디 말을 주고받았다. 그들의 모습에 주목했던 사람들은 비록 그 두 계약 당사자의 이상한 몸동작에 강한 호기심이 발동했지만, 그 누구도 둘의 밀담이 무엇에 관한 것인지 짐작조차 하지 못했다. 카스타니에가 돌아오자 주식 거래인들이 탄성을 토해냈다. 아주 사소한 일에도 즉시 분위기가 바뀌는 프랑스 국회처럼 모든 얼굴이 일시에 그 두 사람에게 쏠리며 웅성거림이 일어났는데, 그 두 사람에게 일어난 변화를 접하고 일종의 두려움에 사로잡히지 않은 사람이 없었다. 증권거래소에서는 누구나 무리에 속해 이야기를 나누며 어슬렁거린다. 그 무리를 이루는 개개인은 즉시 서로를 알아보고 관찰하는데, 증권거래소가 도박장의 거대한 테이블 같은 곳이어서 눈썰미만 있다면 표정만 보고도 상대의 수

나 지금 사정을 훤히 읽어낼 수 있기 때문이다. 그래서 모든 사람이 클라파롱의 표정과 카스타니에의 표정을 눈여겨보았던 것이었다. 카스타니에는 이전의 아일랜드인처럼 활기차고 기운이 넘쳐 보였었으며 그의 눈빛은 형형했었고 안색에는 생기가 돌았었다. 모두 카스타니에의 위풍당당하고 위압적인 표정을 보고 감탄하며 평범했던 카스타니에가 어디서 그런 표정을 얻었는지 궁금해했었다. 그러나 자신이 지녔던 힘을 벗어버린 카스타니에는 이내 생기를 잃고 쭈글쭈글했으며 늙고 허약해 보였다. 클라파롱을 구석으로 데리고 가던 그의 모습은 고열에 들뜬 환자이거나 아편이 선사하는 황홀경에 빠진 아편쟁이 같았었다. 그러나 돌아온 그는 고열 뒤의 축 처진 상태, 그러다가 병자들이 숨을 거두는 그런 상태이거나, 아니면 마약 중독에 따른 극도의 쾌감 뒤에 오는 끔찍한 탈진 상태에 빠진 것 같은 모습이었다. 그간 엄청난 방탕의 삶을 영위할 수 있게 해주었던 지옥의 영(靈)이 일거에 사라졌다. 육신만이 홀로 남아 아무런 도움도 아무런 의지처도 없이 기진맥진한 채 몰려오는 후회와 진정한 뉘우침의 무게를 받아냈다. 클라파롱에 대해서는 고뇌에 휩싸여 있을 것이라고 모두가 예상했지만, 그와는 정반대로 그는 두 눈을 반짝이며 얼굴 가득 루시퍼의 긍지를 보여주었다. 그렇게 파산이 한 얼굴에서 다른 얼굴로 옮겨갔다.

"이보시게, 가서 평화 속에 영면하시게." 클라파롱이 카스타니에에게 말했다.

"제발 부탁이니 마차 한 대를 불러주고, 신부를, 생 쉴피스의 보좌신부를 내게 보내주게나." 왕년의 용기병 장교가 길가의 경계석에 주저앉으며 클라파롱에게 부탁했다.

그 말, "신부를!"이라는 그 말을 여러 사람이 들었다. 그 말에 주식 거래인들의 입에서 빈정거리는 웅성거림이 터져 나왔다. 주식 거래인들이란 모두 등기권리증이라 불리는 종잇조각 하나가 방대한 영지만큼 값어치가 있다고 믿는, 그들만의 신앙으로 무장한 자들이다. 국공채 등록 대장은 그들의 바이블이다.

"내게 뉘우칠 시간이 남아있는 걸까?" 카스타니에가 구슬픈 목소리로 말했고, 그 말에 클라파롱은 충격을 받았다.

삯마차 한 대가 와서 빈사의 환자를 태우고 갔다. 투기꾼은 서둘러 중앙은행으로 가 자신의 채무를 상환했다. 그 두 사람의 표정에 일어난 갑작스러운 변화가 불러온 반응은 바다 위로 배가 지나간 흔적이 금세 없어지듯이 그렇게 군중 속에 파묻혀 사라져버렸다. 엄청나게 중요한 다른 소식 하나가 상업계의 관심을 휩쓸어버렸던 탓이다. 이득이냐 손실이냐 하는 모두의 이해관계가 걸려 있는 그 시간대에는, 천하의 모세가 머리에 두 개의 빛나는 뿔을 달고 나타난다고 할지라도 말장난에 지나지 않는 대접이나 겨우 얻을까 말까 할 정도이거나, 결제기일연장에 여념이 없는 사람들에게 완전히 무시를 당할 것이다. 클라파롱은 채무를 상환하고 나자 두려움이 엄습했다. 그는 자신의 권능을 확신하고 증권거래소로 돌아가 곤경에 처한 사람들을 찾아 거래를 제안했다. 지옥의 국공채 대장에 등록하기, 그리고 그렇게 취득한 용익권에 결부된 제반 권리, 클라파롱이 자신을 대체할 사람으로 찾은 한 공증인은 영혼 거래 제안을 받고 그렇게 표현했는데, 아무튼 그 등록은 70만 프랑에 거래되었다. 그 공증인은 악마의 계약을 50만 프랑에 어떤 건축업자에게 되팔았고, 그 건축업자는 10만 에퀴에 그 계약을 어떤 철물업자에게 양도함으로써 계약에서 벗어났다. 이어서 그 철물업자는 20만 프랑에 그 계약을 어떤 목수에게 다시 넘겼다. 마침내 오후 다섯 시가 되자 아무도 그 이상한 계약을 신뢰하지 않았고, 신뢰를 상실하자 구매자도 나타나지 않았다.

다섯 시 반이 되어서야 취득자가 나타났는데, 그는 당시 페도 가에 가설되어 있던 임시 증권거래소 건물*의 정문에 등을 기대고 있던 어떤 페인트공이었다. 그 페인트공은 순박한 남자였는데 자신이 무슨 능력을 갖추었는지도 몰랐다. "기분이 이상해", 집으로 돌아온 그가 아내에게 말했다.

파리의 산보객들에겐 공공연하게 알려진 사실이지만 페도 가는 사랑하는 정부(情婦)를 거느릴 처지가 못 돼서 아무 여자하고 짝을 지어 살려는 젊은 남자들이 선호하는 동네 중 하나이다. 그곳, 주거용 건물로는 가장 깔끔한 편에 속하는 집 2층에, 하늘의 축복으로 매우 보기 드문 미모를 갖추고 태어난, 그러나 세상에 마련된 작위나 왕좌의 수보다 아리따운 여인들의 수가 훨씬 더 많기에 공작부인이나 여왕이 될 수 없는, 그래서 주식 중개인이나 은행원의 짝으로 만족하고 살며 그들에

---

* 파리 2구에 있는 신고전주의 스타일의 옛 증권거래소 건물(오늘날은 건축가의 이름을 따서 '팔레 브롱니아르Palais Brongniart'라고 불린다)은 1808년 방대한 수도원 용지를 재정비한 자리에 건축되기 시작해 1826년 완공된다. 완공되기 전까지는 인근 페도 가의 옛 수도원 건물을 개조해 임시 증권거래소로 사용했다.

게 정찰제로 행복을 파는 그러한 매력적인 피조물에 속하는 여자가 살고 있었다. 마음씨가 곱고 미모가 뛰어난 그 여자의 이름은 유프라지** 였는데 야심만만한 어떤 공증인 사무소 서기가 갈망해 마지않는 여자였다. 공증인 크로타가 운영하는 사무실의 이등 서기였던 그는 스물두 살 젊은 남자답게 그 여자에게 홀딱 반했다. 유프라지의 하녀는 서기에게 유프라지가 가지고 싶어 환장하는 숄이 하나 있는데 그 숄을 선물하면 유프라지와 만나게 해주겠다고 약조했던 터라 그 서기는 숄을 사는 데 필요한 금액, 하찮다면 하찮다고 할 액수인 5백 루이***만 마련할 수 있다면 교황과 추기경들을 암살하고도 남을 그런 상황에 놓여 있었다. 사랑에 빠진 남자는 파리 식물원의 백곰이 우리에 갇혀 왔다 갔다 하듯 매일 유프라지의 창문 앞을 왔다 갔다 서성였다. 그는 오른손을 조끼 안으로 찔러넣어 심장이 터져나가라는 심정으로 타는 왼 가슴을 움켜쥐었지만, 그때마다 하릴없이 어깨걸이 바지 멜빵만을 비틀 뿐이었다.

"만 프랑을 대체 어디서 어떻게 구한단 말인가?" 그가 혼잣말로 중얼거렸다. "등기소에 납부해야 할 돈을 가로채 이 숄 판매 증서를 결제하는 거야. 제기랄! 내가 그 돈을 착복했기로서니 국채 매입자가 파산할까? 어마어마한 백만장자인데? 좋아, 내일 그 사람을 찾아가 발 앞에 몸을 던지고 사정하는 거야. '선생님, 제가 당신 돈, 만 프랑을 썼습

** 유프라지와 카스타니에의 정부였던 아킬리나는 1830년을 배경으로 하는 『나귀 가죽 *La Peau de chagrin*』의 전반부에서 주인공 라파엘 드 발랑탱이 참석했던 주연(酒宴)에 등장하는 여자들이다.

*** 1루이는 20프랑에 해당하는 금화로서 5백 루이는 만 프랑.

니다. 전 스물두 살이고 유프라지를 사랑합니다. 이상이 저의 눈물겨운 사연입니다. 제 아버지가 부자입니다. 제 아버지가 저 대신 당신 돈을 갚을 것입니다. 저를 버리지 말아 주십시오! 당신도 스물두 살이었던 적이 있지 않으십니까? 사랑의 광기에 빠진 적이 있지 않으십니까?' 하지만 그 재수 없는 자산가들은 영혼 따위는 없는 자들이야! 그자는 나를 측은히 여기기는커녕 나를 검찰에 고발하고도 남을 위인이지. 빌어먹을! 영혼을 악마에게 팔 수만 있다면! 그러나 하느님도 없고 악마도 없어. 그것들을 믿다니 어리석은 짓이지. 그런 건 괴기담이나 노파들의 머릿속에만 있을 뿐이야. 어떻게 해야 하나?"

"당신 영혼을 악마에게 팔 의향이 있다면", 페인트공이 자기 앞에서 서기가 내뱉은 몇 마디 말을 듣고 제안했다. "당신은 만 프랑을 가질 수 있을 거요."

"드디어 유프라지를 내 손에 넣게 되었다." 페인트공의 모습을 빌린 악마가 제안한 거래를 받아들이며 서기가 말했다.

계약이 성사되자 극도로 흥분한 서기는 주문한 숄을 찾으러 가게로 내달렸고, 이어 유프라지의 집으로 단숨에 올라갔다. 서기는 거기서 두문불출하며 열이틀을 지냈다. 몸에 악마가 씌워진 서기는 거기서 자신에게 남겨진 천국의 몫을 모조리 탕진하고, 오로지 사랑과 먹고 마시는 일에만 몰두했는데, 그 와중에 지옥에 대한 기억과 그가 지닌 특권은 흔적도 없이 사라지고 말았다.

매튜린 목사님께서 세상에 내보낸 그 아일랜드인이 발견하고 손에

84

넣은 그 어마어마한 권능*은 그렇게 소멸하였다.

악마를 환기하는 방식을 역사적으로 확인하고 증명하는 일은 동방 전문가들에게도, 신비주의자들에게도, 그런 문제를 천착해온 고고학자들에게도 내내 불가능했다. 그 까닭은 이렇다.

광란의 혼인 잔치를 치른 지 열사흘째 되던 날, 가련한 서기는 생토노레 가에 있는 그의 사장 집 다락방, 초라한 간이침대에 누워 있는 모습으로 발견되었다. 수치심의 여신 아이도스가, 감히 자신의 모습을 쳐다볼 엄두를 내지 못하는 그 어리석은 여신이 심각한 병에 걸린 그 젊은 남자의 의식을 장악했다. 수치심에 빠진 그 젊은 남자는 아무도 몰래 혼자서 자신의 병을 치료하고 싶었다. 그래서 파리의 담벼락 위에서 크나큰 명성을 얻고 있던 어떤 유명인사의 천재적인 발명품이라는 처방 약을 구해 썼는데 그만 용량을 착각하고 말았다.** 그래서 그 서기는 수은 중독으로 죽고 말았는데, 그의 시신은 두더지 등처럼 새카맣게 변했다. 악마가 그 시신 위로 지나갔음이 분명했다. 그런데 어떤 악마? 아스타로트*** 였던가?

"이 착실한 젊은이는 수성으로 가 버린 겁니다." 공증인 사무실의

---

* 아일랜드 개신교 목사인 찰스 로버트 매튜린은 자신의 작품『방랑자 멜모스』에서 멜모스가 신비술에 몰두하다가 악마적 권능을 손에 넣었다고 기술한다.

** 당시 성병 치료제 광고는 신문 못지않게 파리 시내 거리의 담벼락을 통해 이루어졌다.

*** 악마 중에서 드물게 여신의 형상을 한 악마로서 바빌로니아를 기원으로 가진다.

일등 서기가 그 사건을 조사하러 온 독일 악마학자에게 말했다.

"나도 기꺼이 그렇게 믿고 싶습니다." 독일인이 대꾸했다.

"아!"

"그렇소", 독일인이 말을 이었다. "그러한 견해는 야코프 뵈메 * 자신의 발언과도 부합합니다. 뵈메는 그의 『인간의 삼중의 생명』 중 48 번째 명제에서 이렇게 말하고 있습니다. '하느님이 피아트**로써 만물을 창조하셨다면 그 피아트야말로 수성과 하느님으로부터 태어난 정신이 만들어내는 자연을 이해하고 파악하는 비밀의 모태이다.'라고요."

"뭐라고요, 선생님?"

독일인은 다시 한번 자기 말을 반복했다.

"무슨 말인지 이해가 안 됩니다." 서기들이 말했다.

"피아트?…" 한 서기가 말했다. "아, 피아트 룩스***!"

"여러분은 이 인용구의 진실을 확신할 수 있을 겁니다." 독일인이 『인간의 삼중의 생명』 프랑스어 번역본 75쪽 속 문장을 읽어주며 재차 말했다. 그 책은 1809년 미네레 출판사 발행본으로서 번역자는 그 저명한 제화공의 열렬한 숭배자인 어떤 프랑스 철학자라고 표기되어

---

* Jakob Böhme(1575-1624). 독일의 접신론자, 신비주의자.

** FIAT: 세상의 기원인 창조주 하느님의 의지를 가리키는 말. 보통 "주님의 뜻대로 이루어지소서"라는 성구로 쓰인다.

*** 구약성서 창세기 첫머리에 나오는 "빛이 있으라"라는 익숙한 성구.

있었다.****

"아하! 그 사람 제화공이었군요." 일등 서기가 말했다. "여기 좀 보세요!"

"프로이센 왕국***** 사람이오!" 독일인이 말을 이었다.

"그 사람 왕을 위해 일했나요?" 아둔패기인 이등 서기가 끼어들었다.

"그 사람 자기 문장마다 가죽 조각을 덧대놓은 것이 틀림없어." 삼등 서기가 거들었다.

"그 사람 엄청난데요." 사등 서기가 독일인을 가리키며 외쳤다.

그 이방인은 일급의 악마학자인지는 모르지만 법률 사무소의 서기들이 얼마나 못된 악마들인지 알 도리가 없었다. 이방인은 서기들이 던지는 농지거리를 하나도 이해하지 못한 채, 그리고 그 젊은이들이 뵈메를 엄청난 천재라고 인정했다고 믿으며 자리를 떴다.

"프랑스는 그래도 교육이 좀 이루어지긴 했군." 이방인이 중얼거렸다.

파리, 1835년 5월 6일.

**** 발자크는 뵈메의 문장을 거의 그대로 옮겨놓았다. 뵈메의 생업은 구두를 만드는 일이었다. 언급된 뵈메의 책은 실제로는 1793년 생마르탱이라는 이름의 프랑스 무명 철학자가 번역한 것으로 알려져 있다.

***** 뵈메가 평생 살았던 폴란드 접경 독일 동부 도시 괴를리츠는 1815년 프로이센 왕국에 편입되었다.

작가 후기 (1835년)[*]

이 '콩트'는, 오늘날 콩트라는 표현이 유행하니까 콩트라고 하긴 하겠지만 각기 나름대로 특징이 있는 저자의 저작들을 유행을 좇아서 하나로 뭉뚱그리는 경향이 있는 것도 사실이긴 한데, 아무튼 이 콩트는 아일랜드의 저명한 목사인 매튜린의 소설, 몇 년 전 코앵 씨의 프랑스어 번역으로 『멜모스 또는 방황하는 인간』이라는 제목을 달고 출간된 그 소설^{**}을 읽지 않았다면 무슨 이야기인지 거의 이해되지 않을 것이다. 이 소설은 일찍이 드라마 『파우스트』를 낳고, 바이런 경이 『맨프레드』를 필두로 절차탁마한 바 있는 그 근본 사상의 자장 안에 있는 작품이다. 매튜린의 작품은 괴테의 작품 못지않게 강렬한 인상을 줄 뿐만

---

* 맨 처음 『회개한 멜모스』는 단행본이 아니라 1835년 르키앵 출판사에서 연속으로 간행한 여러 작가의 이야기 모음집인 『콩트 모음집 제6권 Le Livre des conteurs VI』에 수록된 형태로 발표되었다. 발자크는 자신의 작품이 여러 다른 작가의 작품 속에 섞여 제대로 주목받지 못할 수도 있다고 우려했는지 자신의 작품에 대해 특별히 후기를 붙이는데, 그가 매튜린의 작품을 어떤 의도로 어떻게 변용하고자 했는지, 그리하여 자기 시대에 대해 무슨 말을 하고자 했는지 알려주는 글이기에 여기 수록한다.

** 1820년 아일랜드에서 발표된 찰스 로버트 매튜린의 『방랑자 멜모스 Melmothe the Wanderer』는 이듬해 장 코앵의 번역(『멜모스 또는 방황하는 인간 Melmoth ou l'Homme errant』)으로 프랑스에서 출간된다. 발자크는 1828년 출판업에 종사할 때 이 번역본의 판권을 사서 재출간 계획을 세울 정도로 이 소설에 각별한 관심을 보였다.

아니라, 인간 감정의 무기력함이 미리 깔려 있다는 점에서 보자면, 그리고 저주받은 자에게도 일말의 희망을 남겨주는 계약 조건으로부터 작품의 흥미가 비롯된다는 점에서 보자면, 괴테의 작품보다 어쩌면 한층 더 극적인 여건을 갖추었다고 할만하다. 매튜린의 작품이 말하는 구원은 대체자를 찾기만 한다면 언제라도 다시 일어날 수도 있다는 점이 특징인데, 이 대체자야말로 수수께끼 같은 그 계약 조항의 의미를 함축적으로 전달하는 기술적인 용어라 할 것이다. 멜모스는 사람들을 이루 형언할 수 없는 불행 속에 밀어 넣느라 자신의 권능을 사용하며 일생을 보내는데, 그 과정에서 유혹자의 처지와 자신의 처지를 맞바꾸고자 하는 인간을 한 명도 만나지 못한다. 매튜린은 자기 주인공이 파리로 가는 설정을 하지 않았다는 점에서 양식 있는 작가임을 스스로 입증했다. 그렇긴 하지만 절반의 악마라고 할 수 있는 그 주인공이 그의 힘을 대신 받겠다고 나설 사람들이 지천으로 깔린 곳이 어디인지 모른다는 점은 뜻밖이라고 할만하다. 더 나아가 멜모스가 사람들이 그의 폭압적인 전횡에 질려 거부한 것을 선행을 통해 얻으려고 애쓰는 모습을 작가가 제시했으면 했는데 그러지 않은 점은 더욱 이상하다. 그러므로 아일랜드 작가의 작품은 디테일의 측면에서는 경이롭지만 다른 여러 점에서는 결함을 보인다고 할 것이다.

이 후기는 작가 발자크의 단편을 제대로 이해하는 데 얼마간 도움을 주리라 생각한다.

ADIEU

아듀

프레데리크 슈바르첸베르크 공(公)*께

"자, 중도파** 의원 나리, 앞으로 전진! 다른 사람들이 식사하는 시간에 식사하려면 걸음을 재촉해야 한다고. 다리를 번쩍 들고! 풀쩍 뛰어, 후작 양반! 그래 거기! 좋았어. 진짜 사슴처럼 고랑을 잘도 뛰어넘는군!"

이 말은 릴라당 숲*** 기슭에 편안하게 앉아 쉬고 있던 한 사냥꾼의 입에서 나왔는데, 그는 잡목이 우거진 숲에서 방향을 잃었는지 아까부터 우왕좌왕하던 자기 동료가 도착하기를 기다리며 하바나산(産) 시가 한 대를 막 피운 참이었다. 그의 곁에서 사냥개 네 마리가 숨을 헐떡이면서 주인이 소리쳐 부르는 사람 쪽을 함께 주시하고 있었다. 단속적으로 반복되는 그 외침이 얼마나 장난기가 섞였는지 제대로 감상하

---

* 1813년 '라이프치히 전투'에서 나폴레옹에게 결정적인 패배를 안긴 합스부르크 제국의 육군 원수 칼 필리프 슈바르첸베르크 후작의 아들로서 1835년 발자크에게 '바그람 전투'(1809년 오스트리아 빈 근교 바그람에서 나폴레옹이 오스트리아군을 상대로 대승을 거둔 전투) 현장 견학을 안내해준 인물이다. 발자크는 이 작품에 나오는 전투 장면을 염두에 두고 1845년『인간극』뤼른판 전집 간행 시 이 헌사를 끼워 넣은 것으로 보인다.

** 작품의 시간적 배경인 1819년 왕정복고 시대 루이 18세 치하 프랑스 국회는 온건 입헌 왕정주의를 표방한 중도파가 다수당이었으며, 그 파는 극우 왕당파와 거리를 둔 드카즈(Elie Decazes) 내각을 지지하였다.

*** 파리 북쪽 25km 지점에 있는 큰 숲 지대.

려면 그 뒤처진 사냥꾼이 키가 작고 뚱뚱한 데다 배까지 불룩 튀어나와 뒤룩뒤룩 살찐 전형적인 고위 관료의 모습을 하고 있다는 점을 밝혀야 할 것이다. 그렇게 비만한 몸으로 그는 막 추수가 끝난 너른 들판의 밭고랑을 힘겹게 건너고 있었는데, 남아있는 그루터기들이 그의 발걸음을 적지않이 방해했다. 설상가상으로 그의 얼굴에 비스듬히 내려꽂히는 햇볕 때문에 구슬 같은 땀방울이 뚝뚝 떨어졌다. 몸의 균형을 잡는 데 정신이 팔려 그는 때로는 앞으로, 때로는 뒤로 휘청거렸는데, 그 모습이 요란하게 흔들리는 마차의 요동과 흡사했다. 때는 작열하는 열기로 포도알이 영글어가는 9월의 어느 날이었다. 곧 폭풍우가 몰아칠 것 같은 날씨였다. 지평선과 맞닿은 광활한 창공이 펼쳐져 있을 뿐 아직 시커먼 먹구름은 본격적으로 몰려오지는 않았지만, 햇빛에 물든 구름이 서쪽에서 동쪽으로 희뿌연 엷은 장막을 펼치며 놀라운 속도로 이동하고 있었다. 바람은 아직 하늘 높은 곳에서만 불었지만 대기는 저지대 쪽으로 대지의 뜨거운 습기를 잔뜩 머금고 있었다. 뒤처진 사냥꾼은 둔덕과 골을 연신 힘겹게 건넜는데 키 큰 나무들로 둘러싸여 공기의 흐름이 차단된 도랑은 한증막같이 무더웠다. 타는 듯 뜨거웠지만, 적막한 숲은 갈증에 시달리는 것 같았다. 새들과 벌레들마저 숨을 죽였으며 키 큰 나무들의 우듬지도 거의 흔들리지 않았다. 1819년의 그 뜨거웠던 여름에 대한 기억이 조금이라도 남아있는 사람이라면 자기를 놀리는 친구에게 합류하기 위해 사력을 다해 걸음을 옮기는 그 가련한 관료의 고통을 동정하고도 남을 것이다. 그 친구는 시가를 피우며, 해의 위치로 가늠해보건대 시간이 얼추 오후 다섯 시는 되었으리라고 생각했다.

"빌어먹을, 여기가 도대체 어디야." 뚱뚱한 사냥꾼이 그의 친구에게 거의 접근한 지점에서 걸음을 멈추고 들판의 나무에 기대고 서서 연신 이마의 땀을 훔치며 내뱉었다. 그는 그들 사이에 놓인 넓은 도랑을 건널 기력을 완전히 소진한 상태였다.

"그걸 나한테 물으면 난들 아나." 경사지를 덮은 웃자란 누런 풀밭에 누워 있던 사냥꾼이 웃으며 대답했다. 그는 도랑으로 시가 꽁초를 버리며 소리쳤다. "사냥꾼의 신 위베르 성인의 이름을 걸고 맹세하노니, 내가 다시는 사법관이라는 자하고 동행하여 낯선 지역에서 사냥에 나서는 무모한 짓은 벌이지 않을 걸세. 그 사법관이 설사 자네라도 말이야, 친애하는 달봉, 내 오랜 동창생!"

"이봐, 필리프, 벌써 프랑스 말을 못 알아듣는 거야? 자네 정신을 시베리아에 놓고 왔나 보군." 뚱뚱한 남자가 백 보 정도 떨어진 지점에 있는 이정표 말뚝을 향해 고통으로 일그러진 우스꽝스러운 시선을 던지며 대꾸했다.

"소리야 들리지!" 필리프가 대답하더니 갑자기 엽총을 집어 들고 일어나 한걸음에 벌판을 내달려 그 이정표 말뚝을 향해 돌진했다. "이쪽으로 와, 달봉, 이쪽으로! 왼쪽으로 반쯤 돌아봐." 그가 몸짓으로 친구에게 포석이 깔린 너른 길을 가리키며 소리쳤다. "'바예에서 릴라당으로 가는 길'이라고 쓰여 있어!" 그가 말을 이었다. "이쪽으로 가면 카상으로 통하는 길을 만날 거야. 그 길은 릴라당으로 가는 길에서 갈라지는 게 틀림없어."

"맞아, 대령", 달봉이라는 사람이 손에 쥐고 부채질을 하던 사냥모를 다시 쓰며 말했다.

"그러니까 전진, 존경하는 참사관 나리", 필리프 대령이 휘파람으로 사냥개들을 부르며 말했다. 사냥개들은 사법관 소유이지만 이미 대령의 말을 더 잘 따르는 것 같았다.

"그거 알아, 후작 나리?", 짓궂은 군인이 말을 이었다. "우린 아직 20리도 더 가야 한다고. 저기 보이는 마을이 바예일 거야."

"말도 안 돼!" 달봉 후작이 소리쳤다. "자네만 좋다면 카상으로 가게. 하지만 자네 혼자 가. 나는 폭풍우가 몰려오더라도 여기서 기다리겠네. 자네가 카상 성에 가서 나한테 말 한 마리를 보내라고. 자넨 날 놀렸어, 쉬시. 우린 그냥 가벼운 사냥이나 즐겼어야 했어, 카상에서 멀지 않은 곳, 내가 잘 아는 영지에서 토끼나 잡았어야 했다니까. 에휴! 즐겁기는커녕 자넨 새벽 네 시부터 날 그레이하운드처럼 내처 달리게만 했어. 우리가 식사라고 한 것이라야 고작 우유 두 잔뿐이라고! 아! 만약 자네가 언젠가 법정에서 소송할 일이 생긴다면 설사 자네가 백번 옳다고 해도 내가 그 소송을 반드시 패소하게 만들겠네."

기력이 다 빠진 사냥꾼은 이정표 말뚝 발치의 경계석에 털썩 주저앉아 엽총과 텅 빈 사냥 망태를 내려놓고 긴 한숨을 토해냈다.

"프랑스여! 그대의 국회의원들이 이렇다!" 쉬시 대령이 웃으며 외쳤다. "아! 처량한 달봉! 자네도 나처럼 시베리아 오지에서 6년을 있어 보았어야 하는 건데…"

그는 말을 끝맺지 못하고 눈을 들어 하늘을 쳐다보았는데, 그 모습은 마치 자신의 불행이 하늘과 자신만 알고 있는 비밀이라는 표현 같았다.

"자! 어서 걸어!" 그가 덧붙였다. "여기 계속 앉아 있다간 잘못되고 말아."

"그게 무슨 뜻인가, 필리프? 그건 사법관이 전가의 보도처럼 쓰는 말인데! 정말이지 난 한계를 넘었다고! 토끼라도 한 마리 잡았다면 또 몰라!"

두 사냥꾼은 보기 드문 대조를 보였다. 고위 관료 쪽은 나이가 마흔두 살이었지만 서른이 넘지 않아 보였고, 반면에 군인 쪽은 실제 나이가 서른 살이었지만 적어도 마흔은 되어 보였다.* 두 사람 다 레지옹도뇌르 수훈자의 표시인 붉은 약장을 달고 있었다. 까치의 날갯죽지처럼 검은 머리와 흰 머리가 섞인 머리술 몇 가닥이 대령의 사냥모 아래로 삐져나왔다. 반면에 사법관의 관자놀이는 아름다운 금발의 곱슬머리가 장식했다. 한쪽은 큰 키에 마르고 여위었으며 다소 신경질적으로 보였는데, 하얀 안색의 얼굴에 새겨진 주름들은 속에 감춘 어떤 가공할 열정이나 끔찍한 불행을 슬쩍 내비쳤다. 반면에 다른 쪽은 얼굴이 건강한 혈색으로 빛나고 유쾌해 보여 쾌락주의자다운 모습이었다. 두 사람 모두 햇볕에 심하게 그을렸고, 목이 긴 다갈색 가죽 각반에는 그들이 건넌 모든 도랑과 늪의 흔적들이 역력했다.

"자, 어서" 쉬시가 소리쳤다. "전진! 조금만 더 걸으면 카상에 도착

* 위에서 필리프는 달봉을 동창생이라고 불렀는데 실제 나이가 열 살 이상 차이가 난다는 말은 아귀가 맞지 않는다. 발자크 작품에서 가끔 보이는 모습이다.

해서 근사한 식탁 앞에 앉을 수 있을 거야."

"자네는 한 번도 사랑해본 적이 없는 게 분명해." 참사관이 안쓰러울 정도로 우스꽝스러운 표정을 지으며 대답했다. "자넨 형법 304조^{**} 만큼이나 피도 눈물도 없어!"

필리프 드 쉬시가 그 말을 듣고 갑자기 격하게 몸을 떨었다. 그의 넓은 이마가 찡그려졌다. 그의 낯빛은 그 시각 하늘처럼 어두워졌다. 끔찍한 쓰라림을 담은 어떤 기억이 그의 표정을 일그러뜨렸지만, 그는 눈물을 보이지 않았다. 강인한 의지의 소유자처럼 그는 자기감정을 가슴속 깊이 억누를 줄 알았다. 어쩌면 많은 담백한 성격의 소유자들이 그렇듯이 그도, 인간의 어떤 언어로도 자기 고통의 깊이를 표현할 수 없을 때, 또 그 고통을 이해할 뜻이 없는 사람들이 조롱할 것이 뻔할 때, 그 고통을 밖으로 드러내는 것은 부끄러운 짓이라고 생각하는지도 몰랐다. 달봉은 타인의 고통을 미루어 짐작할 줄 알고, 그 고통이 다소 자제가 안 돼 드러나는 바람에 본의 아니게 충격을 줄 때라도 그 충격에 절절하게 공감할 줄 아는 그런 섬세한 영혼의 소유자였다. 친구의 침묵을 존중하는 마음으로 그는 자리에서 일어나 피곤을 잊고 조용히, 아마도 채 아물지 않은 어떤 상처를 자기가 건드렸는지도 모른다는 생각에 침울해져서 가만히 친구의 뒤를 따랐다.

"친구여, 언젠가 때가 되면", 필리프가 친구의 손을 꼭 잡고 비통한 시선으로 친구의 말 없는 사과에 고마움을 표시하며 말했다. "언젠가

---

^{**} 사형과 관련된 조항.

때가 되면 내 자네에게 내 지난 삶을 이야기해줌세. 오늘은 할 수 없을 거 같네."

그들은 말없이 걸음을 이어갔다. 대령의 고통이 잦아든 것같이 보일 무렵 참사관은 다시 피로감이 몰려왔다. 이어서 본능에 이끌려, 아니 그보다는 기진맥진한 사람의 소망이 시키는 대로 참사관의 눈이 숲의 정적이 얼마나 깊은지 탐색했다. 그는 키 큰 나무들의 우듬지를 살펴보고 오솔길들을 관찰하며 그 숲속에 숙식을 부탁할 수 있는 어떤 농가가 나타나지 않을까 기대했다. 어떤 사거리에 도착했을 때 나뭇가지들 사이로 피어오르는 한 줄기 가느다란 연기가 보이는 것 같았다. 그는 걸음을 멈추고 주의 깊게 연기 나는 쪽을 바라보았다. 그러자 드넓은 덤불숲 한가운데 솟은 몇 그루 소나무의 검푸른 가지들이 보였다.

"집이다! 집이야!" 그가 '뭍이다! 뭍이다!'라고 소리치는 표류하는 선원처럼 기쁨에 겨워 외쳤다.

그러고는 그는 꽤 빽빽한 덤불숲을 가로질러 달려갔다. 내내 깊은 상념에 빠져있던 대령은 기계적으로 그의 뒤를 따라갔다.

"난 여기서 오믈렛 한 접시와 집에서 구운 빵과 쉴 의자 하나를 구할 수 있다면 그렇게 할래. 카상까지 가서 편안한 장의자와 송로버섯과 보르도 포도주를 즐기는 것보다 그게 훨씬 좋아."

저 멀리 마디가 많고 굵은 나무들이 빽빽하게 들어선 갈색 숲을 배경으로 눈에 확 띄는 희뿌연 담벼락을 보고 참사관의 입에서 흥분의 탄성이 터져 나왔다.

"아! 아! 이 집은 내가 보기에 옛날 수도원으로 쓰였던 건물 같아."

달봉 후작이 아주 오래된 검은 쇠살문 앞에 도착해서 또다시 외쳤다. 쇠살문 너머 꽤 넓은 정원 한가운데에 옛날 수도원 건물 양식으로 지어진 집 한 채가 서 있는 것이 눈에 들어왔다. "수도승이란 괴짜들은 어쩌면 이렇게 기가 막힌 장소를 찾아내는지 참 신기해!"

두 번째 탄성은 시적 정취가 물씬 풍기는 그 은거지를 접하고 사법관이 경탄하며 내지른 것이었다. 그 집은 산을 등지고 경사면 중턱에 자리 잡고 있었는데, 그 산 정상은 네르빌이라는 촌락이 들어선 곳이었다. 수령이 백 년도 넘는 아름드리 떡갈나무들이 그 건물 주위를 웅장하게 둘러싸고 있어서 그 건물은 외부와 완벽하게 차단되었다. 옛날에 수도승들의 숙소로 썼던 본채는 남향이었다. 정원은 40아르팡[*] 정도 되어 보였다. 집 옆에는 푸르른 초원이 펼쳐져 있었으며, 초원에는 여러 줄기의 맑은 시냇물이 흐르고 어떤 인위적인 손길도 닿지 않은 잔잔한 수면의 물웅덩이들이 적절하게 놓여 있었다. 여기저기 하나같이 우아한 수형에 다양한 형태의 잎을 가진 푸르른 나무들이 서 있었다. 그리고 정원의 잘 조성된 인공 동굴들과 계단이 파손되고 난간은 녹슨 거대한 테라스가 이 야생의 은둔지에 독특한 분위기를 조성했다. 또한, 거기에 닿은 예술의 손길이 건축물들을 더할 나위 없이 아름다운 자연의 풍경과 조화롭게 어울리도록 만들었다. 태양의 열기를 막아 식혀주는 것처럼 세상의 풍문이 이 안식처에 다가오는 것을 막아주는 역할을 하는 그 아름드리나무들 발치에 서면 인간사 희로애락은 가뭇없이 사

---

[*]　약 0.14km².

라질 것만 같았다.

　"정말 뒤죽박죽이로군!" 폐허로 인해 그 풍경에 드리워진 음울한 분위기에 한동안 젖어 있다가 달봉이 중얼거렸다. 무슨 저주를 당한 듯한 풍경, 그곳은 사람들이 버리고 떠난 흉흉한 장소 같았다. 송악 덩굴이 곳곳에 구불구불한 촉수를 뻗치고 주변을 무성한 망토로 뒤덮었다. 갈색이거나 푸르스름하거나 노랗거나 불그스레한 이끼가 나무와 벤치와 지붕과 돌 위에 자라 몽환적인 분위기를 연출했다. 벌레 먹은 창문들은 빗물에 헐었고 세월의 풍파에 망가졌다. 발코니 역시 부서졌고 테라스도 곳곳이 무너져내렸다. 몇몇 덧창은 돌쩌귀가 다 떨어져 나가고 겨우 하나 남은 돌쩌귀에 매달려 있었다. 아귀가 맞지 않는 문짝들은 침입자를 절대 막지 못할 것 같았다. 반짝이는 겨우살이 뭉치들이 뒤덮고 있는 가꾸지 않은 유실수 가지들이 열매를 맺지 못하고 웃자라기만 했다. 잡초들이 무성하게 자라 길을 뒤덮었다. 그러한 폐허의 풍경들이 보는 이의 마음속에 매혹적인 시정(詩情)과 몽상적인 관념을 불러일으켰다. 시인이라면, 무질서해 보이지만 조화로 가득 찬 그 풍경, 폐허로 뒤덮였지만 고아함을 잃지 않은 그 풍경을 찬미하며 오랫동안 우수에 잠길 것이다. 그때 구름 사이로 햇살이 비치며 거의 원시 상태나 다를 바 없는 그 풍경을 온갖 다채로운 색조로 물들였다. 거무스름한 기와가 환하게 빛났고, 이끼가 영롱하게 반짝였으며, 환상적인 그림자가 나무 밑 풀밭 위에 일렁였다. 죽어 있던 색깔들이 다시 살아났고, 형상들이 뚜렷하게 대비되며 서로 다투었으며, 우거진 이파리들이 찬란한 빛 속에서 하나하나 선명하게 모습을 드러냈다. 그러다 갑자기 빛이 사라졌다. 말을 걸었던 것 같았던 풍경이 일순 입을 닫고 다시 어두워졌다. 아니, 가을날 석양의 더없이 부드러운 색조처럼 온화해졌다고 해야 하리라.

"잠자는 숲속의 공주가 사는 궁전이로군." 일찌감치 지주의 시선으로 바뀌어 그 집을 바라보던 참사관이 중얼거렸다. "이런 동화 같은 곳은 대체 어떤 사람의 소유일까? 이렇게 아름다운 소유지를 갖고 있으면서 들어와 살지 않는다니 참으로 어리석은 사람임이 틀림없어."

그때 말을 마치기가 무섭게 어떤 여자가 쇠살문 오른쪽에 심긴 호두나무 아래에서 툭 튀어나오더니 구름의 그림자처럼 빠르게 참사관 앞을 소리도 없이 휙 지나갔다. 그 환영 같은 모습에 참사관은 너무 놀라서 말을 잊었다.

"왜 그래, 달봉, 무슨 일이야?" 대령이 그에게 물었다.

"꿈인지 생시인지 분간이 안 가 눈을 비비고 있네." 사법관이 쇠살문에 바짝 붙어서 그 환영을 다시 보기 위해 안간힘을 썼다.

"그 여자는 아마도 저 무화과나무 아래에 있을 거야." 그가 쇠살문 왼쪽 담벼락 위로 훌쩍 솟은 나무의 우거진 이파리를 필리프에게 가리키며 말했다.

"누구? 그 여자라니?"

"아! 그걸 다시 볼 수 있을까?" 달봉이 말을 이었다. "그것이 방금 내 앞 저기에서 불쑥 솟구쳤어." 그가 목소리를 낮춰 말했다. "이상한 여자였어. 그녀는 내가 보기에 산 사람들의 세계가 아니라 망령들의 세계에 속한 존재처럼 보였어. 너무 날씬하고 너무 가볍고 연기처럼 너무 빨리 사라진 것을 보면 그녀는 투명인간임이 틀림없어. 그녀의 얼굴은 우유처럼 새하얬어. 입고 있는 옷, 눈, 머리카락은 새카맣고. 그녀는 지나가면서 나를 봤어. 그리고 난 전혀 겁나지 않았지만, 어떠한 동요도 없이 차갑게 나를 바라보던 그녀의 시선에 그만 내 온몸의 피가 응고되어버렸어."

"그녀는 예쁘던가?" 필리프가 물었다.

"모르겠어. 그녀의 얼굴에서 두 눈밖에 보이지 않았으니까."

"카상에서의 근사한 저녁 식사는 개에게나 줘버리자고." 대령이 소리쳤다. "여기서 머물자고. 어린아이처럼 이 이상야릇한 곳에 들어가 보고 싶은 호기심이 생겼어. 저기 붉은 페인트가 칠해진 창문틀이 보여? 문과 덧문들 쇠시리에 그어진 저기 붉은 줄은? 악마가 머무는 집인 것 같지 않아? 악마가 수도승들한테 이곳을 물려받았는지도 모르지. 자, 그 흑백의 여인을 좇아가 보자고. 전진!" 필리프가 억지로 즐거운 척하며 소리쳤다.

그때 두 사냥꾼의 귀에 덫에 걸린 쥐가 내지르는 비명과 비슷한 소리가 들려왔다. 그들은 주의 깊게 귀를 기울였다. 관목들 가지가 부러지고 이파리가 떨어지는 소리가 마치 일렁이는 파도의 속삭임처럼 침묵 속에 울려 퍼졌다. 그러나 새로 소리가 나나 듣기 위해 귀를 쫑긋 세웠지만 대지는 변함없이 잠잠했는데, 설사 그 미지의 여인이 걸음을 옮겼다 하더라도 대지가 그녀의 발걸음 소리를 집어삼켰을 터였다.

"참으로 괴이한 일이로군!" 필리프가 정원을 둘러싼 담벼락을 따라 걸으며 투덜댔다.

두 친구는 오래지 않아 쇼부리 촌락으로 이어지는 숲속 오솔길에 도착했다. 그 길을 타고 파리로 가는 도로 쪽으로 가다가 그들은 커다란 쇠살문 앞에 도착했고, 그제야 그곳이 그 수수께끼 같은 곳의 정문임을 알아차렸다. 이쪽에서 보니 뒤죽박죽인 상태가 최고조에 달했다. 서로 직각으로 맞물려 세워진 세 채의 건물 벽에는 무수한 균열이 나 있었다. 땅에 떨어져 쌓인 깨진 기왓장들과 청석돌 조각들, 여기저기 무너진 지붕들이 그간 하나도 돌보지 않은 상태라는 점을 알려주었다. 열매들이 나무 밑에 떨어져 있으나 수확하는 사람이 없어 그대로 썩어 갔다. 소 한 마리가 잔디밭을 가로질러 가며 화단의 꽃들을 짓밟았고, 염소는 정자를 타고 올라간 포도나무 덩굴과 풋포도를 훑어 먹었다.

"이곳은 모든 것이 조화롭네. 무질서마저도 뭔가 정돈된 듯해." 대령이 초인종 줄을 잡아당기며 말했다. 그러나 종은 울리지 않았다.

두 사냥꾼의 귀에 녹슨 용수철에서 나는 유난히 거슬리는 소리만 들릴 뿐이었다. 커다란 쇠살문 옆 담에 낸 작은 출입문은 몹시 망가진 상태였지만 아무리 애를 써도 열리지 않았다.

"오! 오! 여긴 모든 게 정말 흥미롭군." 그가 친구에게 말했다.

"내가 사법관만 아니라면", 달봉이 대꾸했다. "그 온통 검은 여자가 마녀라고 믿고 싶어."

이 말을 마치기가 무섭게 소가 쇠살문으로 다가와 그들을 향해 뜨거운 콧김을 뿜었는데, 마치 인간이라는 신기한 족속을 한번 만나볼까 하는 투였다. 그때 한 여자가, 그런데 그 명칭이 무성한 관목 더미 아래에서 불쑥 나온 그 정체를 알 수 없는 존재에게 붙일 적합한 명칭인지는 모르겠으나, 아무튼 한 여자가 줄을 잡고 소를 끌고 갔다. 그 여자는 붉은색 머릿수건을 썼는데 그 아래로 황마 실타래에서 비어져 나온 실 오라기처럼 금발 몇 가닥이 흘러내렸다. 그녀는 숄은 두르지 않았다. 검은색과 회색 줄무늬가 교차하는 투박한 양모 치마는 길이가 몇 인치밖에 안 될 정도로 짧아 장딴지가 그대로 드러났다. 그녀의 모습은 쿠퍼*의 작품으로 유명해진 붉은 피부의 인디언 부족 출신이라고 해도 그대로 믿을 법했다. 훤히 드러난 그녀의 장딴지와 목과 팔은 마치 붉은 벽돌 가루로 색칠한 것 같았으니까 말이다. 그녀의 납작한 얼굴에는 지능을 갖추었다는 어떠한 흔적도 없었다. 푸르스름한 그녀의 두 눈동자는 온기도 없이 그냥 흐릿했다. 듬성듬성 난 흰털 몇 가닥이 눈썹을 대신했다. 입은 좀 뒤틀리고 벌어져서 고르지 않은 치열이 그대로 드러났는데, 치아 색깔만큼은 개 이빨처럼 새하얬다.

"우아! 여자다!" 쉬시가 외쳤다.

그녀가 멍청한 표정으로 두 사냥꾼을 쳐다보며 천천히 쇠살문까지 다가왔는데, 두 남자 앞에 서자 그녀의 얼굴에 곤혹스러워하는 억지 미소가 어렸다.

"여기가 어디요? 이 집은 어떤 집이오? 누구 소유요? 당신은 누구요? 당신 여기 살아요?"

두 친구가 속사포처럼 쏘아대는, 이런 질문들을 위시한 다른 많은

---

* 『최후의 모히칸족』 등으로 유명한 미국 소설가 제임스 페니모어 쿠퍼(James Fenimore Cooper, 1789-1851)의 작품들은 1828년 무렵 프랑스어로 번역 출간되었으며, 발자크는 쿠퍼의 애독자였다.

질문에 그녀는 목구멍을 긁으며 나오는 으르렁거리는 소리로 반응을 보일 뿐이었는데, 그 소리는 인간의 것이라기보다는 동물이 내는 소리에 더 가까워 보였다.

"이 여자 귀머거리이거나 벙어리 같지 않아?" 사법관이 말했다.

"선인!" 시골 여자가 외쳤다.

"아! 저 여자 말이 맞다. 여기가 바로 옛날 '선인(善人) 수도원' 자리일 가능성이 있다." 달봉이 말했다.

질문이 다시 이어졌다. 하지만 시골 여자는 변덕스러운 어린아이처럼 얼굴을 붉히고 자기 나막신을 가지고 놀다가, 다시 풀을 뜯기 시작한 소의 줄을 쥐고 비비 꼬다가, 두 사냥꾼을 쳐다보다가, 그들이 입은 옷을 요모조모 살펴보기만 할 뿐이었다. 그녀는 날카롭게 소리 지르거나 으르렁거리거나 낄낄댈 뿐 말은 하지 않았다.

"이름이 뭐지?" 필리프가 마치 그녀에게 최면을 걸기라도 하려는 것처럼 시선을 떼지 않고 그녀를 응시하며 물었다.

"즈느비에브", 그녀가 짐승처럼 웃으며 말했다.

"지금까지 우리가 본 피조물 중 가장 똑똑한 피조물은 저 소야." 사법관이 소리쳤다. "사람들이 오게 총이라도 한 발 쏴야겠다."

달봉이 그의 총에 장전하려고 하자 대령이 몸짓으로 그를 제지하고 손가락으로 한 곳을 가리켰다. 바로 그들의 호기심을 그토록 강하게 자극했던 그 미지의 여인이었다. 깊은 사념에 빠진 듯이 보이는 그 여인은 꽤 먼 곳에서 오솔길을 따라 천천히 다가오고 있었기 때문에 두 친구는 그녀를 찬찬히 살펴볼 시간이 있었다. 그녀는 매우 낡은 공단 드레스를 걸치고 있었다. 둥글게 말린 컬로 수북한 긴 머리카락이 이마와 어깨 주위를 덮고 허리 아래까지 내려와 숄을 두른 것같이 보였다. 그런 정돈되지 않은 상태에 익숙한 듯 그녀는 양쪽 관자놀이로 흘러내린 머리카락을 뒤로 넘길 생각을 아예 하지 않는 것 같았다. 그러다 불쑥 머리를 한 번 크게 뒤흔들었는데, 이마와 두 눈을 가린 두꺼운 베일을 걷어내기 위한 그 동작을 두 번 다시 반복하지는 않았다. 게다가 그녀의 동작은 짐승의 그것처럼 놀라울 정도로 안정된 메커니즘을 보여주었는데, 그런 기민함이면 여자로서는 비범한 능력을 갖추었다고 할 만했다. 두 사냥꾼은 그 여인이 사과나무 가지 하나를 붙잡고 뛰어올라 새처럼 가볍게 가지에 앉는 것을 보고 눈이 휘둥그레졌다. 그녀는 가지에 앉아 사과를 따서 먹고는 다람쥐처럼 보는 사람의 경탄을 자아내는 부드럽고 우아한 동작으로 땅에 착지했다. 그녀의 팔다리는 유연하고 탄력이 넘쳐서 그 어떤 사소한 동작에도 불편하거나 애쓰는 기색이 전혀 보이지 않았다. 그녀는 풀밭에서 놀다가 어린아이만이 할 수 있는 동작으로 풀밭 위를 굴렀다. 그러다가 그녀는 두 발과 두 손을 앞으로 죽 내밀고는 햇볕을 받으며 잠든 어린 고양이처럼 무방비 상태로 우아하고 자연스럽게 풀밭 위에 누운 채 가만히 있었다. 먼 데서 천둥소리가 들려오자 그녀는 갑자기 몸을 돌리더니 낯선 사람이 오는 소리를 들은 개처럼 놀라울 정도로 민첩하게 네 발로 버티고 선 자세를 취했다. 그러한 묘한 자세로 인해 그녀의 검은 머리카락이 갑자기 너른 폭의 띠처럼 두 줄로 갈라져서 얼굴 양옆으로 늘어졌고, 이 독특한 장면을 마주한 두 명의 구경꾼은 초원의 데이지꽃처럼 하얗게 빛나는 그녀의 드러난 양어깨와 다른 신체 부위도 완벽한 비율을 갖추었음을 짐작하게 해주는 그 완벽한 곡선을 경탄에 찬 표정으로 바라보았다.

그녀가 고통스러운 외마디 비명을 지르더니 갑자기 두 발을 딛고 벌떡 일어났다. 그런 동작들은 너무나도 우아하게 연결되고 너무나도 민첩하게 이루어져서 그녀는 사람이 아니라 오시안*의 시에 나오는 그 공기의 정령 중 하나인 것 같았다. 그녀는 연못으로 달려가 한쪽 발을 가볍게 흔들어 신발을 벗더니 백옥처럼 하얀 발을 연못에 담그고 흔들며 즐거워했는데, 자기가 수면에 일으킨 파문이 마치 보석이 흩어지듯 퍼지는 것을 보고 감탄하는 듯한 모습이었다. 그러다가 그녀는 연못가에 무릎을 꿇고 앉더니 긴 머리 타래를 물속에 집어넣었다가 갑자기 빼고는 머리카락을 흠뻑 적신 물이 방울방울 떨어지며 햇볕을 받아 진주알처럼 영롱하게 빛나는 것을 감상했다.

"저 여자는 미친 여자야." 참사관이 외쳤다.

그때 즈느비에브가 내지른 거친 외마디 비명이 울려 퍼지더니 그 미지의 여인에게까지 전달되었는지 그녀는 벌떡 일어나 머리를 흔들어 머리카락을 얼굴 양옆으로 넘겼다. 그 순간 대령과 달봉은 그 여인의 얼굴을 또렷하게 확인할 수 있었다. 그녀는 두 남자와 얼굴이 마주

* 3세기경 스코틀랜드의 음유시인으로서 켈트족의 전설적인 전사(戰士) 핑갈의 아들로 알려졌지만 실존하는 인물인지는 의심스럽다. 18세기 스코틀랜드의 시인인 제임스 맥퍼슨이 게일어로 구전되던 오시안의 시를 영어로 옮겼다고 주장하는 시집을 내서 그 존재가 세상에 알려졌으나 맥퍼슨이 창작한 가공의 인물일 가능성이 크다.

치자 사슴처럼 가볍게 껑충껑충 뛰며 쇠살문 쪽으로 달려갔다.

"아듀!" 그녀가 부드럽고 조화로운 목소리로 말했다. 하지만 두 사냥꾼이 초조하게 기다리던 그 선율에는 그 어떤 감정이나 의미가 조금도 실리지 않은 것 같았다.

달봉은 그녀의 기다란 속눈썹, 가지런히 난 검은 눈썹, 붉은 기색이라고는 조금도 없는 눈부시게 하얀 피부를 보고 넋을 잃었다. 그녀의 하얀 살갗 위로 가느다란 푸른 핏줄만이 보였다. 참사관이 그 낯선 여인을 보고 받은 놀라운 느낌을 친구에게 전하기 위해 몸을 돌렸을 때, 그의 눈에 풀밭 위에 죽은 사람처럼 뻗어 있는 친구의 모습이 들어왔다. 달봉은 사람을 부르기 위해 허공에 대고 총을 쏜 다음, 대령을 일으켜 세우려고 안간힘을 쓰며 "사람 살려요!"라고 외쳤다. 총성이 울리자 그때까지 꼼짝도 하지 않고 있던 미지의 여인이 쏜살같이 달아나며 상처 입은 짐승처럼 공포의 비명을 내질렀고, 초원 위를 빙빙 돌며 극도의 불안에 빠진 모습을 보였다. 달봉은 릴라당 쪽 도로를 달리는 마차 소리를 듣고 손수건을 꺼내 흔들어 구조를 요청했다. 곧바로 마차는 선인 수도원 쪽으로 방향을 틀었다. 마차에 타고 있던 사람들은 달봉의 이웃인 그랑빌 부부였다. 부부는 황급히 마차에서 내렸고 사법관에게 마차를 내주었다. 그랑빌 부인이 마침 응급처치용 각성제 병을 소지하고 있어서 그것을 쉬시가 흡입하도록 코에 댔다. 대령은 눈을 뜨자마자 초원 쪽을 바라보았다. 초원 위에서는 여전히 그 미지의 여인이 비명을 지르며 내달리고 있었는데, 그녀의 입에서 나오는 외침은 뭔가 불분명했어도 공포의 감정이 실린 것만은 분명했다. 잠시 후 그는 다시 눈을 감고 친구에게 자신을 그 광경이 보이지 않도록 옮겨달라고 요구하는 듯한 몸짓을 했다. 그랑빌 부부는 친절하게도 자신들은 하던 산책을 걸어서 마저 하겠노라고 말하며 참사관에게 자기네 마차를 마음대로 쓰라고 맡겼다.

"그런데 저 여인은 대체 누구입니까?" 사법관이 미지의 여인을 가리키며 물었다.

"사람들이 그러는데 물랭 출신이라는 것 같아요." 그랑빌 씨가 대답했다. "정식 이름은 방디에르 백작 부인이라지요. 미쳤다고들 그래요. 하지만 저 여자가 여기 온 지 두 달밖에 되지 않기 때문에 나로선 그런 소문의 진위를 당신에게 확인시켜 드릴 수는 없답니다."

달봉은 그랑빌 부부에게 감사의 인사를 하고 카상을 향해 출발했다.

"바로 그녀야." 의식을 되찾은 필리프가 외쳤다.

"누구라고? 그녀라니!" 달봉이 물었다.

"스테파니. 아! 죽었는데 살았고, 살았는데 미쳐버렸구나. 난 아까 죽는 줄 알았어."

사려 깊은 사법관은 자기 친구에게 닥친 위기의 심각성을 감지하고는 그에게 질문하거나 그를 자극하는 일을 삼가고 초조한 마음으로 빨리 성에 당도하기만을 바랐다. 대령의 표정과 온몸에 일어났던 변화를 보고 사법관은 백작 부인이 끔찍한 병을 필리프에게 옮긴 것이 아닐까 하는 두려움을 느꼈던 탓이다. 마차가 릴라당으로 가는 도로에 당도하자마자 달봉은 하인을 보내 그 도시의 의사에게 왕진을 요청했다. 그 결과 대령이 성에 도착해 침대에 눕고 나서 얼마 되지 않아 의사가 대령의 침대 머리맡에 도착했다.

"대령이 거의 공복이나 다름없어서 다행이었지," 외과 의사가 말했다. "그렇지 않았다면 대령은 죽었소. 그의 피곤이 그를 구한 거요."

기본적으로 조심해야 할 사항들을 알려준 뒤 의사는 손수 진정제를 조제하기 위해 방을 나갔다. 다음 날 아침, 쉬시의 상태가 호전되었다. 그러나 의사는 자신이 직접 그를 곁에서 지켜보고자 했다.

"후작님, 드릴 말씀이 있습니다." 의사가 달봉에게 말했다. "뇌에 손상을 입지 않았나 걱정됩니다. 쉬시 씨는 엄청난 쇼크를 받았습니다. 감정이 대단히 흥분된 상태예요. 하지만 그의 경우 처음 받은 충격이 모든 것을 결정합니다. 내일이면 아마도 위험한 상태에서 벗어날 겁니다."

의사의 판단은 틀리지 않았다. 다음 날 그는 사법관에게 친구를 만나도 좋다고 허락했다.

"나의 친애하는 달봉", 필리프가 친구의 손을 잡고 말했다. "내 자네에게 부탁할 게 하나 있네! 즉시 선인 수도원으로 달려가 주게! 거기서 우리가 만났던 부인과 관련된 정보는 하나도 빼놓지 말고 수집해 주게나. 그리고 즉시 돌아오게. 난 촌각을 다투는 심정이니까."

달봉은 그 즉시 말을 집어 타고 전속력으로 옛 수도원으로 내달렸다. 거기에 도착하니 쇠살문 앞에 상냥한 표정의 키 크고 마른 남자가 서 있었다. 사법관이 그 폐허가 된 집에 사는 사람이냐고 묻자 그 남자가 그렇다고 대답했다. 달봉은 그에게 방문한 까닭을 설명했다.

"아니, 뭡니까, 선생" 처음 만난 사람이 목소리를 높였다. "그러니까 당신이 얼마 전 그 치명적인 사격을 했던 사람이란 말이오? 당신은 내가 돌보는 불쌍한 병자를 죽일 뻔했습니다."

"아! 선생, 난 허공에 대고 공포를 쏘았는데요."

"당신이 백작 부인을 맞추었더라면 차라리 그녀에게 고통을 덜 안겨주었을 거요."

"그래요, 하지만 우리는 아무 잘못이 없소. 당신이 말하는 그 백작 부인을 보고 내 친구 쉬시가 죽을 뻔했으니까요."

"그 친구가 필리프 드 쉬시 남작인가요?" 의사 복장을 한 그 남자가 두 손을 모으며 외쳤다. "그 사람 러시아에 갔었나요? 베레지나 도하 전투에요?"

"그렇소", 달봉이 말을 받았다. "그는 카자크 기병들의 포로가 되어 시베리아로 끌려갔소. 시베리아에서 11개월 전쯤에 귀환했소."

"이리 들어오시오, 선생." 정체 모를 그 남자가 그 집 일 층, 모든 것이 제각각 다른 폐허의 흔적을 안고 있는 응접실로 사법관을 안내했다.

값비싼 도기 꽃병들이 깨진 채로 케이스만 온전한 괘종시계 옆에 나뒹굴었다. 창문에 쳐놓은 실크 커튼들은 찢겨 있었고, 반면 모슬린 안감 커튼은 멀쩡한 상태였다.

"보시다시피", 그가 응접실 안으로 들어서면서 달봉에게 말했다. "이게 다 내가 헌신적으로 보살피는 그 매력적인 여인이 부수고 망가뜨린 흔적들이오. 그 여자는 내 조카딸이오. 내가 가진 의술은 비록 무력하지만 난 그녀가 언젠가는 제정신을 되찾을 수 있도록 모종의 방법을 써보고 싶은데, 유감스럽게도 그 방법은 부자들만 쓸 수 있는 것이라오."

그러고 나서 그는 고독 속에서 살아온 사람들이 다 그렇듯이 새삼스럽게 되살아나는 고통을 곱씹으며 사법관에게 다음의 사연을 길게 이야기했다. 여기 싣는 부분은 화자와 참사관이 주고받은 수많은 여담은 걷어내고 골자만 알맞게 각색했음을 밝힌다.

....

빅토르 원수(元帥)는 자신의 지휘로 1812년 11월 28일 하루 내내 방어했던 스투드장카 고지를 그날 밤 아홉 시에 떠나면서, 베레지나 강 위에 가설한 두 개의 다리 중 아직 폭파하지 않고 남아있던 다리를 최후의 순간까지 사수하는 임무를 맡은 천여 명의 군인들은 그대로 남겨놓았다.* 이 후미 부대는, 추위에 온몸이 마비되어 감각이 없으면서도

* 이 이야기의 배경이 되는 이른바 '베레지나 도하' 혹은 '베레지나 전투'는 1812년 겨울 나폴레옹 군대가 러시아에서 퇴각할 당시 치른 전투 중 하나로서 나폴레옹 대군은 결과적으로는 러시아와의 전투에서 대패하지만, 이 베레지나 도하 작전에서만은 성공을 거둬 적지 않은 군대를 무사히 철수시킬 수 있었다. 베레지나 강은 오늘날 벨라루스의 도시인 바리사우 인근에 있는 강이다. 나폴레옹은 퇴각을 위해 베레지나 강에 두 개의 다리를 놓는데, 보병 철수를 위한 다리는 먼저 폭파하고 포병 철수를 위한 다리를 마지막까지 남겨놓는다. 발자크는 '베레지나 도하'에 관련한 정보를 1824년 발간되어 여러 차례 재판을 찍을 정도로 인기를 끈, 당시 참전 장군 세귀르의 회고담인 『1812년 나폴레옹과 나폴레옹 대군의 역사』 그리고 1826년 출간된 에밀 드브로의 소설 『베레지나 도하, 거대한 역사 속

군사 장비들을 버리고 철수하기를 한사코 거부하는 엄청나게 많은 낙오병을 구출하는 임무를 헌신적으로 수행했다. 그러나 이 용맹한 부대의 영웅적인 행위도 무위로 그칠 운명이었다. 베레지나 강가로 물밀 듯이 몰려든 낙오 병사들을 맞이한 것은 불행하게도 산더미처럼 쌓인 마차와 수레, 그리고 온갖 종류의 장비들이었는데, 그것은 11월 27일과 28일 이틀 동안 도하 작전을 수행했던 부대가 버리고 갈 수밖에 없었던 것들이었다. 추위로 인해 처참한 상태로 전락한 그 불행한 군인들은 뜻밖의 횡재를 한 셈이어서, 빈 야영지에 자리를 잡고, 임시 막사를 짓기 위해 군수품들을 부수고, 손에 잡히는 것은 무엇이든 닥치는 대로 불을 피우는 데 쓰고, 죽은 말을 해체해 식량으로 삼고, 마차의 덮개나 휘장을 마구 뜯어내 몸에 두르고는, 믿기지 않는 운명의 작용으로 퇴각하는 군대의 시각에서는 이미 죽음의 현장으로 변해버린 그 베레지나 강을 한밤중에 차분하게 건너 철수 행군을 이어가야 마땅했지만, 그냥 그 자리에 쓰러져 잠이 들었다. 그 불쌍한 병사들이 빠진 무력증은, 마실 것이라고는 눈밖에 없고, 눈밭이 곧 침상이고, 눈 덮인 지평선 말고는 보이는 게 없고, 먹을 것이라고는 눈이나 꽁꽁 언 무, 몇 줌의 밀가루나 죽은 말고기밖에 없는 그런 극한 상황에서 눈 덮인 광막한 허허벌판을 건너본 기억을 가진 사람이 아니라면 절대로 이해하지 못할 것이다. 허기와 갈증과 피곤과 수마로 빈사 상태에 빠진 그 불운한 존재들

의 작은 삽화』에서 얻었으나, 여기 실린 대목에서는 당연히 그 두 글과는 확연히 구별되는 자신만의 독특한 시각을 보여준다.

이 강가에 당도해 마주한 것이 나무며, 불이며, 식량이며, 엄청난 양의 버려진 장비들, 요컨대 급조된 하나의 온전한 도시였던 셈이다. 게다가 그곳은 스투드장카 마을이 이미 완전히 분해되고 완전히 나누어져 고지에서 평지로 고스란히 옮겨진 상태였다. 이 임시 도시는 비록 애처롭고 위태로웠지만, 주야장천 러시아의 끔찍한 허허벌판만 접한 사람들에겐 그 궁핍함과 그 위험함마저도 미소로 다가왔다. 요컨대 그곳은 20시간만 존속할 운명의 시한부 병원이었다. 삶에 대한 의욕을 잃어서였든, 꿈도 꾸지 않았던 안온한 느낌을 접해서였든 그 수많은 병사는 쉬겠다는 생각 말고는 다른 어떤 생각도 들지 않았다. 강 왼쪽에 포진한 러시아 포대가 하얀 눈밭 위에 운집해 있는, 커다란 검은 점처럼 보이기도 하고 타오르는 화염 자국처럼 보이기도 하는 그 무리를 향해 쉴 새 없이 포탄을 퍼부어댔지만, 이미 최악의 지경까지 몰린 그 무리에게 끝도 없이 떨어지는 그 포탄들은 그저 불편함이 또 하나 추가되는 것일 뿐이었다. 이를테면 그건 거센 폭풍우가 몰아치는 와중에 벼락이 쳐봐야, 그 벼락은 곳곳에 널브러진 다 죽어가는 사람이나 병자나 어쩌면 이미 죽었을지도 모르는 사람에게나 떨어질 게 뻔하기에 아무도 놀라지 않는 것과 같은 이치였다. 낙오병들이 매번 무리 지어 유입되었다. 배회하는 시체들이라고나 할 낙오병들은 도착 즉시 흩어져서 여기저기 불피워진 곳을 찾아다니며 몸을 부릴 자리 하나를 구걸했다. 그들은 대개 쫓겨났는데, 그러면 그들은 거부되었던 안식처를 어떻게 해서든 얻기 위해 다시 모였다. 몇몇 장교들이 그들에게 그러다 죽는다고, 다음 날을 위해 힘을 비축하라고 말했지만, 그들은 그 소리에 아랑곳하지 않고 강을 건너는 데 써야 할 기운을 하룻밤 피난처를 마련하는 데 썼고, 죽음을 부르는 경우가 많은 부패한 한 끼 식사를 얻는 데 소모했다. 그들을 기다리는 그 죽음은 그들에게 더는 불행으로 여겨지지 않았으니, 죽음은 그래도 그들에게 한 시간의 잠은 남겨두기 때문이었다. 그들은 굶주림과 목마름과 추위에만 불행이라는 말을 붙였다. 나무도 떨어지고, 불도 꺼지고, 덮어쓸 천과 피난처도 남은 게 없을 때, 아무것도 없이 맨손으로 갑자기 들이닥친 빈털터리들과 몸을 누일 거처를 확보한 부자들 사이에 끔찍한 싸움이 벌어졌다. 그 싸움에 진 약자들은 죽어 나갔다. 마침내, 러시아군에 쫓겨온 사람 중 일부가 눈밭 말고는 남은 야영지가 없어서 눈밭에 쓰러져 자다가 다시 일어나지 못하는 사태가 속출했다. 죽은 목숨이나 다름없는 존재들로 우글거리는 그 무리는 그렇게 서서히 수가 늘어나고, 명령도 안 통하고, 백치로 변한 바람에, 아니 어쩌면 그래서 그들이 행복한 건지 모르지만, 아무튼 사태가 그렇게 서서히 악화하는 바람에, 비트겐슈타인 장군이 지휘하는 2만 명의 러시아 군대에 맞서 영웅적인 방어전을 펼쳤던 빅토르 원수는 황제에게 무사히 합류시켜야 할 5천 명의 정예 병력이 베레지나 강을 건널 수 있도록 인산인해를 이룬 낙오병들을 헤치고 어떻게 해서든 길을 열어야 했다. 그 불쌍한 낙오병들은 자리를 옮기느니 차라리 그 자리에서 압사당하길 택했으며, 프랑스는 이미 뇌리에서 사라진 채 그들 앞에서 꺼져가는 불을 보고 미소 지으며 그렇게 서서히 죽어갔다.

밤 열 시가 되어서야 벨륀느 공작, 곧 빅토르 원수가 강 맞은편에 모습을 드러냈다. 젬빈*으로 통하는 교량들을 점령하기 위해 떠나기 전, 공작은 스투드장카 주둔 후미 부대의 운명을 에블레 장군에게 맡겼으니, 장군은 베레지나의 아수라장에서 살아남은 모든 사람의 구세주 역할을 해야 했다. 자정 무렵, 장군은 용맹한 장교 하나를 대동하고 다리 바로 옆 조그만 막사를 나와 베레지나 강가와 보리조프에서 스투드장카로 가는 길목 사이에 펼쳐진 진지의 현황을 주의 깊게 살펴보았다. 러시아 군대의 포격은 그친 상태였다. 눈을 쌓아 만든 야영지마다 사위어가거나 불씨만 남은 수많은 불 자리가 차마 인간이라고 할 수 없는 몰골로 여기저기 널려 있는 병사들을 비추었다. 나폴레옹이 러시아에 투입한 여러 국적의 군인들, 그 수가 3만 명에 이르는 그 불쌍한 군인들은 자신들의 목숨을 잔혹한 무관심에 맡긴 채 그렇게 그곳에 방치되어 있었다.

"저들을 모두 구하자." 장군이 부관에게 말했다. "내일 아침이면 러시아 군대가 스투드장카를 점령할 것이다. 그러므로 그자들이 쳐들어오기 전에 다리를 불태워야만 한다. 자, 장교, 힘을 내라! 저기 스투드장카 고지를 향해 출발하라. 가서 푸르니에 장군에게 즉시 철수해서 저 무리를 뚫고 강을 건너라고 전하라. 자네는 장군이 행동에 착수하는 것을 확인하고 나서 장군의 뒤를 따라오도록. 쓸 만한 병사 몇 명을 데리

---

* 베레지나 강 좌안 오늘날 벨라루스 마을로 늪지대이다. 함께 수록된 『회개한 멜모스』에서 베레지나 도하 전투에 참전했던 카스타니에는 나중에 거액을 횡령한 후 젬빈 늪지대에서 자기 말고는 아무도 보는 이 없이 사망한 이탈리아 출신 페라로 대령의 신분으로 위장해 나폴리로 도피할 계획을 세운다.

고 야영지든, 장비든, 수레든, 마차든, 뭐가 됐든 인정사정없이 싹 불태
워라! 저 무리를 모두 다리 쪽으로 몰아라! 두 다리로 걸을 수 있는 자
들은 강제로라도 모두 강 저편으로 피난시키도록. 일제 소각이 지금으
로서는 우리에게 남은 최후의 수단이다. 내가 저 빌어먹을 장비들을 모
조리 태워버리겠다고 했을 때 베르티에 장군이 반대만 하지 않았더라
도, 다리를 가설하다 희생당한 불쌍한 나의 공병대원들 말고는 저 강이
아무도 집어삼키지 못했을 것이다. 프랑스 군대를 구한 그 50명의 영
웅을 사람들은 금세 잊어버리겠지!"

　장군은 이마에 손을 얹고 한동안 아무 말이 없었다. 그는 폴란드가
자신의 무덤이 될 것이라는 직감, 물속에, 베레지나 강물 속에 버티
고 서서 교각을 박은 그 숭고한 공병대원들을 기리는 목소리는 어디에
서도 일어나지 않을 것이라는 직감이 들었다.[**] 그 공병대원들 중 단 한
명만이 목숨을 건졌다. 아니, 정확하게 말하자면 보살피는 손길 하나
없이 한 마을에 방치되어 고통을 받고 있었다. 부관이 출발했다. 그 용
맹한 장교가 스투드장카를 향해 뛰어가자마자 에블레 장군은 상처를
입고 고통스러워하는 부하 공병대원들을 깨우고, 다리 주변 야영지를
불태우는 구조 작업에 착수했다. 그렇게 장군은 주변에 잠든 병사들을
일으켜 세워 베레지나 강을 건너도록 독려했다. 그동안 젊은 부관은 천
신만고 끝에 스투드장카 고지에 유일하게 남아있던 목조 막사에 도착

[**]　에블레 장군은 실제로 퇴각 중이던 1812년 12월 31일 프로이센의 쾨니히스
베르크에서 전사한다.

했다.

"이 막사 안은 사람들로 꽉 차 있겠죠?" 그가 막사 밖에 있는 한 장교를 보고 물었다.

"거기에 들어갈 수만 있다면 당신은 능력 있는 군인으로 칭송받을 거요." 장교가 돌아보지도 않고 군도로 막사의 나무를 찍는 일을 계속하며 대답했다.

"자네로군, 필리프" 부관이 그 목소리에 자기 친구라는 것을 알아보고 반갑게 말했다.

"맞소. 아! 아! 너로군, 이 친구야." 쉬시가 부관을 향해 몸을 돌리고 대답했다. 부관이나 그나 스물세 살 동갑이었다. "나는 네가 저 빌어먹을 강을 벌써 건너간 줄 알았는데. 우리에게 디저트로 케이크와 잼을 갖다주러 온 거야? 환영받겠는걸." 그가 나무껍질을 벗겨 자기 말에게 먹이 대신 주며 덧붙였다.

"나는 자네 부대 지휘관에게 젬빈으로 철수하라는 에블레 장군의 명령을 전하러 왔어! 자네 부대는 즉시 저 시체 무리를 뚫고 철수해야 해. 나는 저들을 일으켜 걷게 하려고 조금 있다가 저 일대에 불을 지를 걸세."

"자네 덕분에 벌써 몸이 뜨거워지는 것 같군! 자네 말에 땀이 다 날 정도야. 내겐 구해야 할 친구가 둘 있네. 아! 저기 마르모트처럼 웅크리고 있는 그 두 친구를 구할 일이 없다면 나는 벌써 죽은 목숨이었을 거네! 내가 내 말을 돌보는 것도, 식량으로 잡아먹지 않은 것도, 다 그 둘 때문이네. 부탁인데, 자네 빵부스러기 좀 남은 게 있나? 배 안에 아무것도 집어넣지 못한 지 벌써 서른 시간이 넘었다네. 난 내게 남은 약간의 체온과 용기를 잃지 않으려고 미친놈처럼 싸웠다네."

"불쌍한 필리프! 없어, 하나도 없어. 그런데 자네 장군은 저 안에 계시나?"

"들어가 봐야 헛수고네! 저 창고 같은 곳에는 우리 부대 부상병들이 있네. 조금 더 올라가 보게! 그러면 오른편에 돼지우리 같은 막사가 하나 있을 걸세. 장군은 거기 계셔! 아듀, 용사여. 나중에 파리 무도장에서 만나 트레니스 춤이나 함께 추자고…"

그는 말을 끝맺지 못했다. 그 순간 북풍이 사정없이 몰아치면서 부관은 얼어붙지 않으려고 이미 발걸음을 옮겼고, 필리프 중령의 입술은 꽁꽁 얼어붙었던 탓이다. 이내 정적이 흘렀다. 막사에서 새어 나오는 신음과 쉬시의 말이 광분하며 막사 재료였던 나무의 꽁꽁 언 껍질을 굶주림과 분노에서 마구 씹어대며 내는 둔중한 소리만이 그 정적을 깼다. 중령은 군도를 칼집에 꽂고 이제까지 지극정성으로 돌봐온 소중한 짐승의 고삐를 확 낚아챘다. 꽁꽁 언 나무껍질을 환장하며 씹어대던 말은 그 비참한 먹이에서 떨어지지 않으려고 거세게 저항했다.

"가자, 비셰트! 가자. 스테파니를 구할 수 있는 존재는, 나의 애마, 너밖에 없다. 가자, 나중에 우리에게 안식이 허용될 것이다. 그게 죽는 것일지도 모르지만."

필리프는 이제까지 기력과 목숨을 부지하게 해준 두툼한 군용 망토를 두르고 체온을 유지하기 위해 두 발로 꽁꽁 언 눈밭을 구르며 내달리기 시작했다. 겨우 5백 보 남짓 옮겼을 때, 그날 아침 늙은 전령 하나를 보초로 세우고 그의 마차를 보관해 두었던 자리가 큰불에 휩싸인 광경이 눈에 들어왔다. 끔찍한 불안감이 엄습했다. 패주하는 내내 어떤 강력한 감정에 사로잡혔던 군인들이 모두 그랬듯이, 그도 자기 목숨을 구하려 했다면 생기지도 않았을 힘을 자기 친구들을 구조하기 위해 발휘했다. 그는 서둘러서 지형상 습곡처럼 팬 곳 가까이 다가갔다. 포탄을 피할 수 있는 그 움푹한 곳 바닥에 자신의 어릴 적 동무이자 가장 사랑하는 애인인 젊은 부인을 피신시켜 놓았던 터였다!

마차에서 몇 걸음 떨어지지 않은 곳에 서른 명가량 되는 낙오병들이 큰불 앞에 모여 있었다. 그들은 수레에서 뜯어낸 판자와 덮개들, 마차에서 뜯어낸 바퀴와 차체들을 연신 던져넣으며 화력을 키웠다. 아마도 그 병사들은, 스투드쟝카 고지 기슭의 너른 분지에서부터 운명의 베레지나 강까지 드넓게 형성된, 사람의 머리통들과 피워놓은 불들과 임시 막사들이 빼곡히 들어찬 대양 같은 곳에, 거의 식별되지 않을 정도로 미세하게 꿈틀거리며 숨죽인 속삭임 사이로 간간이 끔찍한 괴성이 터져 나오는 일렁이는 바다 같은 곳에 가장 마지막으로 합류한 자들일 것이다. 굶주림과 절망에 몰린 그 불행한 낙오병들은 모르긴 해도 어쩔 수 없어서 마차에 접근했을 것이다. 그들이 마차 안에서 발견한, 군복 외투와 모피 망토로 몸을 감싸고 누더기 위에 누워 있던 늙은 장군과 젊은 부인은 이제 무릎을 그러안은 채 불 앞에 모로 누워 있었다. 마차 문짝 중 하나는 이미 부서진 상태였다. 중령과 말의 걸음 소리가 들려오자마자 불 가에 모여 있던 낙오병들 사이에서 굶주림에서 촉발된 광분의 외침이 터져 나왔다.

"말이다! 말!"

입은 제각각이었지만 목소리는 하나였다.

"물러나시오! 경고요!" 두세 명의 병사가 말을 겨냥하며 필리프에게 소리쳤다.

필리프가 말 앞에 우뚝 서서 입을 열었다. "이 나쁜 놈들! 내 너희 모두를 저 불 속에 처박아 넣을 테다. 저 위에 죽은 말들이 널렸다! 썩 꺼져라, 가서 죽은 말들이나 찾아라."

"그 장교 나리, 거참 농담도 잘하셔! 하나, 둘, 휙, 왜 쫄리시나?" 거구의 척탄병이 쏘아붙였다. "싫소! 까짓것, 해볼 테면 해보라지, 자 받아라."

여자의 비명이 폭발음을 삼켰다. 다행히 필리프는 피격을 면했다. 하지만 비셰트는 고꾸라져서 죽음과 사투를 벌였다. 세 명의 병사가 달려들어 총검으로 비셰트의 숨통을 끊었다.

"야만인들! 내 모포와 권총은 건드리지 마라." 필리프가 필사적으로 외쳤다.

"권총은 가져가쇼." 척탄병이 대꾸했다. "모포는 말이요, 저기 이틀 전부터 피죽 한 그릇도 못 얻어먹은 보병이 있잖소. 형편없이 얇은 옷을 걸치고 덜덜 떨고 계시는 분 말이야. 바로 우리의 장군님을 위해…"

필리프는 신발은 다 해어지고, 바지는 십여 군데 구멍이 뚫렸으며, 머리에 성에가 잔뜩 낀 허름한 군모만 쓰고 있는 남자를 바라보며 입을 다물었다. 그는 서둘러 자기 권총을 챙겼다. 다섯 명의 병사가 죽은 말을 불 앞으로 끌고 가더니 파리의 정육점 사내들이라고 해도 과언이 아닐 정도로 능숙하게 말을 해체하기 시작했다. 고기 조각들을 기가 막히게 발라서 숯불 위에 던졌다. 중령은 그를 알아보고 공포에 질린 비명을 내질렀던 여인 곁으로 가서 앉았다. 여인은 마차 안에 있던 방석 위에 앉아서 체온을 유지하기 위해 몸을 웅숭그린 채 꼼짝도 하지 않았다. 그녀는 말없이 그를 쳐다보았지만 미소 짓지는 않았다. 그제야 필리프는 마차 경비를 맡겼던 전령이 자기 옆에 있는 것을 알아차렸다. 그 불쌍한 전령은 상처를 입었다. 숫자에 눌려서 그는 자기를 공격한 낙오병들에게 굴복하고 말았던 것이었다. 그러나 주인의 저녁거리를 최후의 순간까지 지키는 충직한 개처럼 그는 자기 몫의 전리품은 챙겼으니, 마차에 있던 흰 시트는 뺏기지 않고 망토 삼아 두르고 있었다. 그는 말고기 한 조각을 숯불 위에 올려놓고 뒤집느라 여념이 없었다. 중령은 그의 표정에서 잔칫상 음식을 앞에 둔 설렘을 읽었다. 사흘 전부터 어린아이 상태로 되돌아간 방디에르 백작은 자기 아내 곁 방석에 누운 채 물끄러미 불꽃을 바라보고 있었는데, 그 열기가 추위로 마비된 몸을 풀어주기 시작하는 모양이었다. 그는 조금 전 자기 마차의 약탈로 이어진 싸움에 무관심했듯이 자기 앞에 닥친 위험이나 필리프의 등장에도 무심했다. 우선 쉬시는 젊은 백작 부인의 손부터 움켜잡았다. 마치 그녀에게 애정 표시를 할 것처럼 그리고 그녀가 그렇게 비참하기 짝이 없는 처지에 몰린 것이 그에게 얼마나 큰 고통을 안겨주는지 전할 것처럼 말이다. 그러나 그는 아무 말 없이 그렇게 그녀 곁을 지키기만 했다. 깔고 앉은 눈더미가 녹으면서 질척해졌지만, 그는 닥친 위험을 잊은 채, 아니 그 모든 것을 까맣게 잊은 채 자신의 몸이 뜨거워지는 행복감에 몸을 맡겼다. 그러나 그런 마음과는 달리 그의 표정에 백치나 다름없는 기쁜 표정이 어렸다. 그는 자기 전령에게 건넨 말고기 조각이 구워지기를 초조하게 기다렸다. 숯불에 익어가는 그 고기 냄새가 그의 주린 배를 뒤집어놓았고, 그 굶주림이 그의 마음과 그의 용기와 그의 사랑을 입 다물게 했다. 그는 자기 마차가 약탈당한 현장을 보고도 분노가 일지 않았다. 불 가에 모여 있는 병사들은 너나 할 것 없이 모포며, 방석이며, 모피 망토며, 드레스며, 남자 옷이며, 여자 옷이며 가리지 않고, 백작과 백작 부인과 중령의 물건들을 서로 나눠 갖고 있었다. 필리프는 몸을 돌려 궤짝에 있던 물건들이 아직 온전한지 살펴보았다. 어른거리는 불빛에 금붙이며, 다이아몬드며, 은그릇 같은 귀중품들이 보였는데, 여기저기 흩어져 있는 그것들을 아주 작은 조각이나마 갖겠다고 노리는 자는 하나도 없었다. 어쩌다 보니 그 불 가에 같이 모이게 된 그들 하나하나는 뭔가 소름 끼치는 인상을 주는 그런 침묵을 고수했으며, 자신의 안위에 필요하다고 판단한 일만 했다. 이 비참한 광경은 뭔가 그로테스크했다. 추위로 일그러진 그 얼굴들은 진흙이 한 겹 입혀져 있었고, 그 위로 눈물이 흘러내려 눈에서 뺨 아래까지 고랑을 파놓았는데, 그걸로 그 진흙 마스크의 두께를 가늠할 수 있었다. 불결하기만 한 긴 수염은 그 병사들의 몰골을 더욱 흉측하게 만들었다. 어떤 낙오병들은 여성용 숄을 두르고 있었고, 다른 낙오병들은 말안장이나, 진흙투성이 모포, 점점이 박힌 성에가 녹아내리는 누더기를 걸치고 있었다. 어떤 병사는 한쪽 발에는 목이 긴 군화를, 다른 쪽 발에는 단화를 신고 있었다. 요컨대 몸에 걸친 것들이 우스꽝스러운 기괴함을 보여주지 않는 병사는 하나도 없었다. 그러나 걸친 것들이 보기에는 몹시 우스웠지만, 낙오병들의 표정은 하나같이 심각하고 우울했다. 나무가 타며 갈라지는 소리, 불꽃이 탁탁 튀는 소리, 멀리 주둔지에서 들려오는 웅얼거리는 소리, 그리고 허기를 못 견딘 치들이 암말 비셰트에서 가장 맛난 부위의 살점을 도려내기 위해 군도를 놀리는 소리만이 무거운 정적을 깨트렸다. 남들보다 더 지친 몇몇 불쌍한 병사들은 아예 잠에 쓰러졌는데, 그들 중 하나가 불 속으로 굴러 들어가는 일이 발생해도 아무도 꺼내줄 생각을 하지 않았다. 그 가차 없는 논리주의자들은 그가 죽지 않고 살아난다면 온몸에 입은 화상이 그를 죽는 게 차라리 더 나았다는 한탄에 빠져들게 할 것이 틀림없다고 생각했다. 그래서 그 불행한 자가 불 속에서 깨어났다가 죽더라도 아무도 애달파하지 않았다. 몇몇 병사들은 다른 자들의 무관심으로 자기 자신의 무심함을 정당화하려는 듯 서로 물끄러미 바라보았다. 젊은 백작 부인은 그런 광경을 두 번이나 목격했고, 그 후 말을 잊었다. 숯불 위에 올려놓았던 다양한 부위의 고깃점들이 다 익자 모두 게걸스럽게 배를 채웠는데, 그 폭식 장면은 동물들 편에서 보자면 구역질 나는 것이었다.

"서른 명이나 되는 보병들이 말 한 마리에 매달린 광경이라니 처음 보는 일인걸." 암말을 쓰러트렸던 척탄병이 소리쳤다.

그것이 프랑스 국민성을 증명하는 유일한 농담이었다.

그러고는 곧바로 그 불쌍한 병사들 대부분은 자기들 옷 속으로 기어들거나, 널빤지 위에 자리를 잡거나, 아무튼 눈과의 접촉을 피할 수 있다면 아무것이나 골라 몸을 누이고 내일 따위는 안중에도 없다는 듯 잠에 빠져들었다. 중령은 몸이 따뜻해지고 허기가 채워지자 수마가 몰려와 눈꺼풀을 들어 올릴 수 없었다. 졸음과 싸움을 벌이던 그 짧은 시간 동안 중령은 젊은 여인을 물끄러미 바라보았는데, 불 쪽으로 몸을 돌려 잠을 청하는 그녀의 감은 두 눈과 이마 일부분이 눈에 들어왔다. 그녀는 모피 망토와 커다란 용기병 외투로 몸을 두르고 있었다. 머릿밑한쪽 귀에 핏자국이 보였다. 머릿수건으로 묶어 목에 두른 러시아 털모자가 아쉬운 대로 그녀의 얼굴을 추위로부터 지켜주었다. 두 발은 외투속에 집어넣어 보이지 않았다. 그렇게 몸을 웅숭그리고 있는 그녀는 정말이지 무어라 형언할 수 없는 낯선 모습이었다. 저 여인은 최후까지살아남은 종군(從軍) 아내*인가? 저 여인이 그녀를 사랑하는 애인의 영광이었고 파리 무도회의 여왕이었던 바로 그 여인이란 말인가? 슬프도다! 그녀에게 더없이 헌신적인 애인의 눈으로도 아마포와 누더기 뭉치에 지나지 않는 그 모습에서 여성의 흔적은 조금도 찾을 수 없었다. 여인의 마음속에서 사랑은 추위에 그만 소멸하고 말았다. 아무리 물리치려 해도 물러나지 않는 수마가 중령의 눈을 두꺼운 베일로 뒤덮었고, 그 베일 틈새로 남편과 아내의 모습이 그저 흐릿한 두 개의 점처럼 보였다. 타오르는 불꽃, 널브러진 군상, 금세 달아나는 열기, 그 열기에서

---

* '비방디에르vivandière'라고 불리는 종군 아내는 군인인 남편을 따라나서 부대에서 세탁이나 간호 업무를 담당하고 담배나 음료 등 생필품을 팔기도 하는 여자를 가리킨다. 종군 아내의 군복이 따로 있으며, 때로는 아이들이 딸리기도 한다. 대혁명 전 구체제에서도 시행되었으나 전쟁이 잦았던 나폴레옹 시대에 적극적으로 활용된 제도로서 종군 아내들은 때로는 전투에 직접 참전하기도 했다. 종군 아내 제도는 그 후에도 존속되다가 20세기 초반 폐지된다.

세 발자국만 떨어져도 으르렁대며 엄습하는 맹추위, 그 모든 것이 꿈만 같았다. 성가시게 따라붙는 생각 하나가 필리프를 내내 괴롭혔다. "내가 잠들면 우리 모두 죽을 것이다. 난 안 자겠다." 그가 중얼거렸다. 그러다 그는 잠에 빠져들었다. 한 시간쯤 지났을까, 떠들썩한 소리와 폭발음 때문에 쉬시는 잠에서 깼다. 군인으로서의 의무감과 자신의 여자 친구에게 닥친 위험의 예감으로 갑자기 가슴이 철렁했다. 그는 울부짖음에 가까운 비명을 내질렀다. 그와 그의 전령만이 깨어나 서 있었다. 그들 앞에 캄캄한 어둠을 배경으로 인간 군상들 한가운데를 관통하며 야영지와 막사들을 집어삼키는 불바다가 펼쳐졌다. 절규와 아우성이 난무했다. 황망하고 분노에 찬 수도 없이 많은 얼굴들이 명멸했다. 그 아비규환 속에서 양옆에 쌓인 시신 더미 사이를 헤치고 다리 쪽으로 병사들이 줄지어 이동하는 광경이 보였다.

"우리 후미 부대가 퇴각한다." 중령이 소리쳤다. "희망이 사라졌다."

"자네 마차는 태우지 않았네, 필리프." 다정한 목소리가 들려왔다.

소리 나는 쪽으로 몸을 돌린 쉬시는 화염의 불빛으로 그 목소리의 주인공이 아까 만났던 젊은 부관이라는 것을 알아보았다.

"아! 다 망했어." 중령이 대답했다. "저들이 내 말을 먹어버렸어. 게다가 정신을 놓은 이 장군과 그의 아내를 무슨 수로 걷게 하겠나?"

"불붙은 작대기 하나를 집어 들어, 필리프. 그리고 그들을 위협해!"

"백작 부인을 위협하라니!"

"아듀!" 부관이 소리 질렀다. "난 저 운명의 강을 건널 시간밖에 달리 여유가 없어. 그리고 저 강을 반드시 건너야 해. 프랑스에 어머니가 계셔! 지독한 밤이군! 이 군상들은 눈밭에 그냥 있는 걸 더 좋아해. 이 불쌍한 자들 태반은 일어나느니 차라리 그 자리에서 불타 죽겠다는 심사지. 네 시야, 필리프! 두 시간 후면 러시아 군대가 진격하기 시작할 거야. 그때면 단언컨대 베레지나 강은 다시 한번 시체들로 넘쳐날 거네. 필리프, 저네 자신부터 챙기게! 자넨 이제 말도 없어. 자넨 백작 부인을 데리고 갈 수 없어. 그러니, 자, 나랑 같이 가세." 부관이 중령의 팔을 잡으며 말했다.

"친구여, 스테파니를 버리라니!"

중령은 백작 부인을 붙잡아 일으켜 세우고 필사적인 심정으로 거칠게 흔들며 억지로 잠에서 깨어나게 했다. 그녀가 동공의 움직임이 없이 초점 잃은 눈으로 그를 쳐다보았다.

"걸어야만 해, 스테파니, 아니면 우리는 여기서 죽어."

백작 부인은 대답 대신 자꾸 땅바닥으로 늘어지며 자려고 했다. 부관이 불붙은 작대기를 집어 들고 스테파니의 얼굴 앞에 대고 흔들었다.

"움직이지 않더라도 그녀를 함께 구하자!" 필리프가 그녀를 다시 일으켜 세우며 소리쳤다. 그리고 그녀를 옮겨 마차에 태웠다. 그런 다음 다시 돌아와 친구에게 간절히 도움을 요청했다. 두 장교가 늙은 장군이 죽었는지 살았는지 살피지도 않고 그를 들어 올려 아내 곁으로 옮겼다. 중령은 땅바닥에 널브러져 있는 병사들을 하나하나 발로 밀치고, 그들이 약탈해 두르고 있던 물건들을 되찾은 다음, 누더기나 다를 바 없는 그것들을 두 부부 위에 켜켜이 쌓아 덮어주었다. 그러고 나서 자신의 죽은 말에서 나온 구운 고깃점 몇 개를 마차 구석에 던져놓았다.

"대체 어쩌려고?" 부관이 그에게 물었다.

"마차를 끌고 가려고" 중령이 대답했다.

"자네 미쳤군!"

"맞아!" 필리프가 팔짱을 끼고 소리쳤다.

순간 그가 절망적인 생각에 사로잡힌 모습을 보였다.

"너", 그가 전령의 다치지 않은 팔을 붙잡고 말했다. "너에게 한 시간 동안 이 마차를 맡기겠다! 죽기를 각오하고 아무도 이 마차에 접근하지 못하도록 지켜야 한다는 것을 명심하라."

중령은 백작 부인이 차고 있는 다이아몬드를 챙긴 후, 한 손에는 그다이아몬드를 들고 다른 손으로는 군도를 뽑아 들고는 잠든 병사 중 가장 용감하다고 판단되는 자들을 골라 거세게 후려치기 시작했고, 이윽고 그 거구의 척탄병과 계급을 알 수 없는 다른 두 명을 깨우는 데 성공했다.

"우리 모두 불타 죽는다." 그가 그들에게 말했다.

"알고 있소." 척탄병이 대꾸했다. "하지만 내겐 아무 상관도 없소."

"좋아, 이래 죽으나 저래 죽으나 마찬가지지. 그렇다면 아름다운 여인을 위해 목숨을 바치는 편이, 그리고 프랑스로 다시 돌아갈 가능성에 도박을 거는 편이 더 낫지 않을까?"

"난 자는 편이 더 낫소." 한 사람이 눈밭에 몸을 굴리며 말했다. "그리고 나에게 다시 한번 더 성가시게 굴면, 중령, 그땐 당신 배 속에 내 단검을 쑤셔버리겠어!"

"무슨 일이요, 장교 나리?" 척탄병이 말을 받았다. "이자는 취했소! 파리 것이거든. 그래서 자기 몸 편한 걸 좋아하지요."

"이걸 너에게 주겠다, 용맹한 척탄병!" 중령이 그에게 다이아몬드 목걸이를 보여주며 외쳤다. "나를 따라와 미친 듯이 싸워주겠다면 말이다. 러시아 군대는 지금 걸어서 10분 거리에 있다. 그들은 말을 가지고 있다. 우리는 그들의 제일선 포대를 뚫고 갈 것이다, 그리고 토끼*두 마리를 끌고 돌아올 것이다."

"한데 전초(前哨)는 누가 맡고요, 중령?"

"우리 셋 중 하나가." 중령이 병사를 보고 말했다. 그러다 그는 말을 멈추고 부관을 쳐다보았다. "자네 같이 갈 거지, 이폴리트, 그렇지?"

이폴리트가 고갯짓으로 동의를 표했다.

"우리 중 하나가" 중령이 말을 이었다. "전초를 맡을 것이다. 저 빌어먹을 러시아 것들 역시 잠을 자고 있을 것이다."

"거참, 중령 나리, 당신 아주 용감하시군! 한데 당신의 조그만 마차에 날 태워주시겠소?" 척탄병이 말했다.

"물론, 다만 자네 목숨을 저 위 러시아 진지에다 버리지 말아야 그렇게 할 수 있지. 만약 내가 죽는다면, 이폴리트, 그리고 자네 척탄병", 중령이 공동운명체가 된 두 사람을 향해 말했다. "나 대신 백작 부인을 헌신적으로 구하겠다고 내게 약속해줘."

---

* 중령은 러시아 진지에서 말 두 마리를 노획할 계획인데 바로 직전 말이라고 언급하고는 여기서는 토끼라고 말한다. 군대 말에서 흔히 쓰이는 비유로 추정된다.

"알았소." 척탄병이 선선히 소리쳤다.

그들은 러시아 군대의 전열, 수많은 불쌍한 병사들이 운집해 있는 강가에 무차별 포격을 가했던 러시아 포대 진지를 향해 출발했다. 그들이 출발하고 얼마 안 돼 두 마리 말이 전속력으로 눈밭을 달리는 소리가 울려 퍼졌고, 그 소리를 듣고 깨어난 러시아 포대가 일제히 포를 쏘아댔고, 포탄이 쓰러져 잠든 사람들의 머리 위로 날아갔다. 두 마리 말을 어찌나 다급하게 채근해 몰았던지 말발굽 소리가 대장장이가 모루 위에 쇠를 두드리는 소리 같았다. 친구를 위해 의협심을 보여주었던 부관은 러시아 진지에서 그만 쓰러지고 말았다. 건장한 척탄병은 무사했다. 필리프는 자기 친구를 지키려다가 총검에 어깨를 찔렸다. 그렇지만 그는 말갈기를 붙들고 늘어지며 자신의 두 다리로 말을 효과적으로 제압했고, 그 결과 그 짐승은 바이스에 죄인 듯 꼼짝달싹 못 하는 처지가 되었다.

"천만다행이야!" 중령이 그의 전령이 안 다치고 마차는 제자리에 그대로 있는 것을 확인하고 소리쳤다.

"장교 나리, 당신이 공정한 사람이라면, 나중에 내가 십자 훈장을 받게 손 좀 써주쇼. 우리는 소총과 단검을 기가 막히게 썼잖소, 그렇지 않소?"

"우린 아직 아무것도 안 했어! 우선 말들을 마차에 묶어야 해. 이 줄들 받게."

"줄이 부족한데요."

"자, 척탄병, 잠에 떨어진 이자들을 뒤집어보게. 그리고 이자들이 걸친 것들을 활용하라고, 숄, 아마포…"

"앗, 이 작자 죽었어!" 척탄병이 첫 번째로 택한 자의 옷가지를 벗겨 내려다 말고 소리쳤다. "아! 이게 웬일이람, 이자들 모두 죽었소!"

"모두?"

"그렇소, 모두! 말고기를 눈과 함께 먹어서 소화가 안 됐나 보오."

이 말에 필리프는 전율이 일었다. 한기가 곱으로 엄습했던 탓이다.

"맙소사! 내가 스무 번도 넘게 구해냈던 여인을 이렇게 잃다니."

중령은 백작 부인을 흔들어 깨우며 소리쳤다. "스테파니, 스테파니!"

젊은 부인이 눈을 떴다.

"마담! 우리는 살았어요."

"살았어요." 그녀가 따라 말하더니 다시 축 늘어졌다.

말들을 그럭저럭 마차에 묶었다. 중령은 상처 입지 않은 쪽 손으로 군도를 쥐고, 권총을 쥔 부상한 다른 손으론 고삐를 움켜잡고 말 위에 올라탔고, 척탄병이 다른 말을 잡아탔다. 늙은 부하 전령은 두 발이 동상에 걸린 터라 장군과 백작 부인 위에 겹쳐지도록 해서 마차에 얹어놓았다. 칼등으로 가격당하자 흥분한 말들은 마차를 끌고 맹렬한 기세로 벌판을 내달렸는데, 중령 앞에는 수많은 난관이 기다리고 있었다. 얼마 안 가서 남자, 여자, 심지어 어린아이들까지 곳곳에 잠들어 있는 사람들을 짓밟고 가지 않는 한 더 나아갈 수 없는 지경에 봉착했다. 척탄병이 그들을 깨웠지만, 그들은 하나같이 움직이길 거부했다. 쉬시르는 푸르니에 장군이 지휘하는 후미 부대가 그렇게 산적한 사람들을 헤치고 조금 전 뚫어놓았던 길을 찾았으나 허사였다. 그 길은 바다 위에 배지나간 자리가 사라지듯 그렇게 흔적도 없이 사라졌다. 그는 걸어서 갈수밖에 없었는데, 그마저도 그의 말을 잡아먹겠다고 위협하는 병사들 때문에 자주 멈추어야만 했다.

"정말 강까지 가려는 거요?" 척탄병이 그에게 물었다.

"내 목숨과 맞바꾸더라도, 이 세계 전체와 맞바꾸더라도." 중령이 대답했다.

"갑시다! 달걀을 깨뜨리지 않고는 오믈렛을 만들 수 없는 법이지."

황제 친위대의 척탄병은 사람들 위로 두 마리 말을 밀어붙이고, 마차 바퀴를 피로 물들이고, 야영지를 뒤집어엎으면서 사람들로 가득한 들판을 헤쳐나갔고, 그 바람에 양옆으로 사체들이 밀리며 고랑이 형성되었다. 척탄병이 "꺼져! 썩은 시체들!"이라고 연신 천둥소리처럼 고함쳤지만, 그것을 그의 잘못으로 돌릴 수는 없는 일이라고 말해야 하지 않겠는가, 그게 그에 대한 정당한 평가가 아니겠는가!

"불쌍한 것들 같으니라고!" 중령이 외쳤다.

"하! 그렇게 죽으나 얼어 죽으나, 그렇게 죽으나 대포에 죽으나!" 척탄병이 말들의 기운을 돋우기 위해 단검 끝으로 쿡쿡 찌르며 말했다.

그들에게 좀 더 일찍 닥쳤을 수도 있었던 재앙이, 거짓말처럼 운이 좋아 그때까지 모면했을 뿐인 재앙이 갑자기 그들의 행보를 멈춰 세웠다. 마차가 전복된 것이다.

"내 진작에 이럴 줄 알았어." 척탄병이 동요되지 않고 외쳤다. "오! 오! 동료가 죽어버렸네."

"불쌍한 로랑." 중령이 말했다.

"로랑! 포병 5대대 소속 아니오?"

"그렇네."

"내 사촌이오. 오호라! 이런 개 같은 날씨에 개 같은 인생인지라 죽어서 애도 받는 호사도 못 누리는군."

마차는 바로 세울 수 없을 지경이었다. 말들을 마차에서 떼어내려면 돌이킬 수 없는 엄청난 시간이 소요될 터였다. 충격이 워낙 컸던지라 잠에서 깬 젊은 백작 부인은 무기력한 상태에서 벗어나 겹겹이 둘러싼 옷가지들을 걷어내고 몸을 일으켰다.

"필리프, 여기가 어디지?" 그녀가 주위를 두리번거리며 어조가 다소 높았지만 다정한 목소리로 말했다.

"다리에서 5백 보 정도 거리야. 우린 곧 베레지나 강을 건널 거야. 강을 건너면, 스테파니, 더는 당신을 힘들게 하지 않을게. 실컷 잠자게 해줄게, 우린 안전할 거야, 아무 일 없이 빌뉴스*에 당도할 수 있을 거야. 당신 목숨을 구하느라 얼마나 큰 희생을 치렀는지 부디 당신은 영원히 모르기를!"

"다쳤어?"

"별거 아니야."

파국의 시간이 도래했다. 러시아 군대의 포성이 날이 밝았음을 알

---

* 러시아 전투 당시 나폴레옹 대군의 본부가 있던 곳으로 오늘날 리투아니아 수도지만 당시에는 러시아 영토였다.

렸다. 스투드쟝카를 점령한 러시아 군대는 평원에 포격을 퍼부었다. 여명이 밝아올 무렵, 중령은 러시아 군대가 열을 지어 고지로 이동해 전열을 정비하는 것을 보았다. 무리 한가운데에서 경고음이 울려 퍼졌고 다들 황급히 일어섰다. 각자 본능적으로 위험을 알아차렸고, 모두가 다리 쪽으로 이동하면서 파도처럼 출렁이는 움직임이 일었다. 러시아 군인들이 불이 번지듯 빠르게 내려왔다. 남자, 여자, 아이, 말 등, 너나 할 것 없이 모두 다리 쪽으로 쇄도했다. 다행히 중령과 백작 부인은 강기슭에서 멀리 떨어져 있었다. 에블레 장군이 강 저편의 가설 교각에 막 불을 붙인 참이었다. 다리를 유일한 살길이라고 여기고 난입하는 사람들에게 잇달아 경고가 주어졌지만 아무도 물러나지 않았다. 다리가 사람들 무게를 이기지 못하고 무너졌을 뿐 아니라, 사람들이 성난 파도처럼 걷잡을 수 없이 그 죽음의 강둑으로 밀려드는 바람에 마치 눈사태처럼 무더기로 강물에 곤두박질쳤다. 비명은 들리지 않았지만, 돌이 물에 떨어질 때처럼 둔중한 소리가 울려 퍼졌다. 이윽고 베레지나 강은 시체들로 뒤덮였다. 눈앞에 닥친 죽음을 피하려고 황급히 방향을 돌려 평원으로 쇄도하는 인파가 워낙 거센 데다 그 역류하는 인파가 막무가내로 계속 앞으로 나아가는 인파와 무지막지하게 충돌하는 바람에 엄청난 수의 사람들이 압사당했다. 방디에르 백작 부부는 그들의 마차 덕에 목숨을 부지했다. 두 마리 말은 쓰러져 있는 수많은 사람을 으깨고 짓이기며 날뛰다가 강가에 운집한 인파가 일으키는 소용돌이에 휩쓸려 이번에는 자기들 다리가 부러지고 으스러져서 죽었다. 중령과 척탄병은 막강했기 때문에 살아남았다. 그들은 죽지 않기 위해 죽였다. 인간 군상이 일으킨 그 무시무시한 태풍, 인간 군상이 같은 방향으로 일제히 쏠리면서 일으키는 그 거대한 밀물과 썰물이 한동안 베레지나 강가를 초토화했다. 엄청난 인간무리가 벌판에 내던져졌다. 몇몇 사람들이 강둑에서 강으로 몸을 던졌지만, 그 무모한 행동은 그들에게 프랑스를 의미하는 강 저편에 닿을 수 있다는 희망 때문이 아니라 시베리아의 허허벌판을 피하겠다는 일념 때문이었다. 절망은 몇몇 대담한 사람들에게는 하나의 방패가 된다. 어떤 장교는 얼음 조각들을 하나하나 타고 넘어서 강 건너에 닿았다. 어떤 병사는 믿을 수 없는 동작으로 시체와 얼음 조각 더미에 기어오르고 매달려 강을 건넜다. 그 거대한 인간무리는 러시아 군인들이 무기도 없고 몸도 얼고 얼도 빠져 스스로 방어할 수도 없는 2만 명을 죽이지는 못하리라고 생각하기에 이르렀다. 모두 두려움과 체념에 빠져 자기 운명을 기다렸다. 그때 중령, 척탄병, 늙은 장군, 그리고 장군의 부인은 무리에서 좀 벗어나 다리에서 몇 걸음 안 떨어진 지점에 있었다. 그들 넷 모두 아무 말 없이 처연한 눈길로 시체 더미 한가운데에 우두커니 서 있었다. 제구실을 할 수 있는 건장한 병사 수 명과 정세가 위태로운 만큼 기력을 총동원해 버티는 장교 수 명이 그들과 함께 있었다. 그 집단은 수가 꽤 돼서 쉰 명 정도를 헤아렸다. 주변을 둘러보던 중령은 거기서부터 2백 보 정도 떨어진 곳에 흩어져 있는, 전전날 폭파된 마차 이동용 다리의 잔해들을 발견했다.

"뗏목을 만듭시다." 그가 소리쳤다.

그 말이 떨어지기가 무섭게 모여 있던 사람들 모두 그 잔해들을 향해 달려갔다. 일군의 사람들이 꺾쇠 같은 쇠붙이들을 그러모으고, 나뭇

조각, 밧줄 등 뗏목을 만들 때 필요한 재료들을 닥치는 대로 찾아 나섰다. 그들의 계획을 눈치채고 동요한 군중이 필사적인 공격을 해올 가능성에 대비해 중령의 지휘 아래 스무 명 정도 되는 무장한 장교와 병사로 수비대를 결성해 뗏목을 만드는 사람들을 경호했다. 감옥에 갇힌 죄수들을 부추기고 그들에게 기적을 바라게 만드는 자유의 감정도 그 순간 그 불행한 프랑스인들을 움직이게 했던 감정과는 절박함에서 비교가 안 될 것이다.

"러시아 군인들이 쳐들어온다! 러시아 군인들이 쳐들어온다!" 뗏목을 만드는 사람들에게 그들을 지키는 사람들이 소리치며 독려했다.

나무들이 부딪치며 요란한 소리를 냈고, 뗏목이 가로, 세로, 높이 모두 제법 규모를 갖추었다. 장군들, 병사들, 대령들 가리지 않고 모두 허리가 휠 정도로 바퀴와 쇠붙이와 밧줄과 판자의 무게를 짊어졌다. 노아의 방주를 건조하는 실제 모습이 있다면 바로 그 광경이었을 것이다. 젊은 백작 부인은 남편 곁에 앉아서 그 작업에 아무런 보탬이 되지 못하는 처지를 안타까워하며 그 광경을 지켜보았다. 그래도 그녀는 밧줄을 견고하게 고정하기 위해 매듭을 묶는 일을 도왔다. 마침내 뗏목이 완성되었다. 마흔 명이 달려들어 뗏목을 강물에 밀어 넣었고, 여남은 병사는 뗏목을 강둑에 붙여 고정하는 밧줄을 잡아당겼다. 뗏목을 만든 사람들은 그들을 구할 방주가 베레지나 강물 위에 뜨자마자 그악스럽게 남들을 밀치며 다투어 뗏목 위로 몸을 던졌다. 중령은 시작부터 광포해진 그 돌진에 휩쓸릴까 두려워하며 스테파니와 장군을 손으로 꼭 붙잡았다. 그러나 방주가 이미 빼곡히 들어찼고 사람들이 극장의 일 층

입석 구경꾼들처럼 계속 그 위로 쇄도하는 모습을 보고 그는 전율을 금치 못했다.

"야만인들!" 그가 소리쳤다. "뗏목을 만들자는 생각을 한 사람은 나야. 내가 너희 구세주라고. 그런데 너희는 내게 자리 하나 내주지 않다니."

아우성이 대답을 대신했다. 뗏목 가장자리에 자리 잡은 사람들이 뗏목 진수를 위해 강둑에 걸쳐놓았던 막대기를 들어 무장하고, 강 건너에 닿기 위해, 얼음 조각들과 시체들을 헤쳐 길을 내기 위해 나무를 엮어 만든 그 방주를 힘껏 밀었다.

"천벌을 받을 것들! 중령과 그의 동행 둘을 태우지 않으면 내 너희를 물속에 **처박을 테다**." 척탄병이 소리치며 군도를 치켜들고 출발을 막은 다음, 험악한 고함이 난무해도 자리를 내기 위해 사람들을 촘촘하게 밀어붙였다.

"나 떨어지겠다! 떨어져!" 척탄병의 전우들이 소리쳤다. "출발하자고! 전진!"

중령이 자기 정부(情婦)를 곁눈질로 쳐다보았다. 그녀는 숭고한 체념의 감정이 어린 표정으로 두 눈을 들어 하늘을 바라보고 있었다.

"그대와 함께 죽고 싶어!" 그녀가 말했다.

뗏목에 자리 잡은 사람들의 상황에서 웃기는 일이 벌어졌다. 그들은 악다구니를 쓰며 고함을 질러댔지만, 누구도 척탄병에게 대들 엄두를 내지 못했다. 그들은 너무 밀집해 있어서 한 사람만 밀어내도 뗏목자체가 균형을 잃고 전복될 터였기 때문이다. 이 위험한 상황에서 어떤 대위가 척탄병을 제거하려고 시도했다. 그러나 척탄병은 그 장교의 적대적인 동작을 먼저 알아차리고 그를 잡아서 물속에 처박고 소리쳤다.

"하! 하! 오리 새끼, 물이나 실컷 마셔라! 가라!"

"여기 두 자리가 났소!" 그가 소리쳤다. "자, 중령, 먼저 이리로 당신 여인을 던지시오, 그리고 당신도 올라타시오! 저 뒷방지기 노인네는 버리쇼, 어차피 내일이면 죽을 테니."

"서둘러요!" 뗏목에서 사람들이 이구동성으로 소리쳤다.

"자, 중령. 다른 사람들이 으르렁대고 있잖소, 게다가 이들 말이 맞아요."

그때 방디에르 백작이 걸쳤던 누더기들을 벗어 던지고 장군복을 한 모습으로 늠름하게 자세를 잡고 섰다.

"백작을 구합시다." 필리프가 말했다.

스테파니가 애인의 손을 꼭 잡더니 그에게 몸을 던지고 으스러지도록 껴안으며 입술을 맞추었다.

"아듀!" 그녀가 말했다.

그들은 말없이 서로의 마음을 전했다. 방디에르 백작은 방주로 건너뛸 정도의 기운과 의지력을 되찾았다. 스테파니는 필리프에게 마지막 눈길을 보낸 후 백작을 따라갔다.

"중령, 내 자리에 타겠소? 난 삶이 하찮고 우습소." 척탄병이 소리쳤다. "내겐 마누라도 없고, 자식도 없고, 어머니도 없소."

"자네에게 저들을 맡기네." 중령이 백작과 그의 아내를 가리키며 소리쳤다.

"안심하시오. 내 눈처럼 잘 보살필 테니."

뗏목이 우두커니 서서 지켜보는 필리프를 남겨두고 반대편 강가로 미끄러져 갔는데, 워낙 육중한 데다 속도까지 붙어 있었던지라 땅에 부딪히면서 크게 요동을 쳤다. 그 바람에 뗏목 가장자리에 있던 백작이 강물로 굴러떨어졌다. 백작이 강물에 떨어진 순간, 유빙 하나가 그의 머리를 강타했고, 그렇게 몸뚱어리에서 잘린 머리통이 포환처럼 멀리 떠내려갔다.

"아니 저런! 중령!" 척탄병이 소리쳤다.

"아듀!" 여인이 소리쳤다.

필리프 드 쉬시는 공포감에 몸이 얼어붙고, 몰려오는 추위와 후회와 고단함에 짓눌려 그 자리에서 쓰러졌다.

....

"가엾은 내 조카딸은 그 후 미쳤소." 의사가 한동안 말을 잇지 못하다가 덧붙였다. "아!" 그가 달봉의 손을 잡으며 말을 이었다. "그 귀여운 여자에게, 그토록 젊고, 그토록 섬세한 여자에게 삶이 얼마나 모질었는지 모른다오! 어찌 그런 엄청난 불행이 닥쳤는지 그녀는 그만 그 황제 친위대의 척탄병, 그 사람 이름이 플뢰리오랍니다, 그 보호자와 헤어졌고, 그 후 그녀는 군대를 따라 2년 동안 끌려다니면서 수많은 비루한 인간들의 노리개로 전락했답니다. 사람들이 내게 그러더군요, 그녀는 맨발에다 옷도 변변히 입지 못한 채 몇 개월 내내 치료도 받지 못했고 음식도 제대로 못 얻어먹으며 지냈다고요. 때로는 시료원에 감금당하기도 하고, 때로는 짐승처럼 쫓겨 다녔답니다. 그래도 그 불쌍한 여자는 숱한 불행을 겪고도 살아남았는데, 그것이 어떤 불행이었는지는 하느님만이 아실 겁니다. 그녀는 독일의 한 조그만 도시에서 정신병자 수용소에 감금되어 있었는데, 그동안 그녀의 친척들은 그녀가 죽었다고 생각하고 여기 프랑스에서 그녀의 상속재산을 나누어 가졌답니다. 1816년, 척탄병 플뢰리오가 스트라스부르의 한 여인숙에 있는 그녀를 찾아냈습니다. 그녀가 수용소에서 탈출하여 얼마 전에 그곳에 와있었던 것이지요. 몇몇 농부들이 척탄병에게 백작 부인이 한 달 내내 숲 속에서 살았었다고, 그녀를 몰아 생포하려 했지만 실패했다고 자기들이 보고 겪은 일을 이야기했답니다. 나는 그 당시 스트라스부르에서 얼마 떨어지지 않은 곳에서 살았었지요. 야생녀가 있다는 소문을 듣고 나는 흥밋거리로 떠도는 이야기들의 근거라고 하는 그 이상한 일들의 진위를 확인하고 싶어졌어요. 백작 부인을 알아보고 내가 어땠을 거 같소? 플뢰리오는 아까 당신에게 말한 그 슬픈 이야기에 대해 자기가 알고 있는 것을 모두 내게 이야기해주었소. 나는 그 불쌍한 사내와 내 조카딸을 오베르뉴로 데리고 갔소. 오베르뉴에서 불행하게도 그 사내는 세상을 떠났소. 방디에르 부인은 그나마 그 사내의 말은 어느 정도 들었소. 그만이 그녀가 옷을 입도록 설득할 수 있었소. 아듀! 그녀가 할 줄 아는 말 전부인 이 말을 그녀는 예전엔 가끔 가다만 했소. 플뢰리오는 그녀에게서 몇몇 관념을 일깨우려고 무던히도 시도했소. 그러나 그는 실패했소. 그가 성공한 것이라고는 그녀가 그 슬픈 말을 자주 하게 만들었다는 것뿐이오. 척탄병은 그녀와 놀면서 그녀의 기분을 풀어줄 줄도 알았고, 그녀를 놀이에 집중하게 할 줄도 알았소. 그래서 난 그를 통해 희망을 품었었는데, 그만…"

스테파니의 숙부는 한동안 말을 멈추었다.

"여기에서", 그가 말을 이었다. "내 조카딸은 자기와 뜻이 통하는 것 같은 다른 여자를 만났소. 그 여자는 백치인 시골 여자인데, 못생기고 지능이 낮았지만, 한때 어떤 석공을 사랑했었소. 그 석공은 그녀와 결혼하고 싶어 했소. 그녀가 얼마간 땅뙈기를 소유하고 있었기 때문이었소. 불쌍한 즈느비에브는 일 년 동안 세상에서 가장 행복한 여인이 되었소. 그녀는 몸을 치장하고 일요일마다 달로와 함께 춤을 추러 갔소. 그녀는 사랑을 알았소. 그녀의 마음과 정신 속에는 하나의 감정만 자리하고 있었소. 하지만 달로는 머리를 굴렸소. 그는 나름대로 똑똑하고 즈느비에브보다 땅도 조금 더 가진 젊은 여자와 만났소. 그래서 달로는 즈느비에브를 버렸소. 그 불쌍한 여자는 사랑 덕분에 그나마 좀 발달했던 지능을 완전히 잃고, 그 후론 소를 돌보거나 꼴을 베거나 하는 일만 할 줄 아는 상태가 되었소. 내 조카딸과 그 가엾은 처자는 어떤 점에서 보자면 둘의 운명을 하나로 이어주는 보이지 않는 사슬에 의해, 그리고 둘의 광기를 유발한 사랑의 감정에 의해 서로 결합해 있다고 해야 할 것 같소. 자, 저기 보시오." 스테파니의 숙부가 달봉 후작을 창문으로 데려가 말했다.

사법관의 눈에 실제로 즈느비에브가 두 다리를 벌리고 땅바닥에 앉아 있고 그 다리 사이에 아름다운 백작 부인이 안겨 있는 모습이 들어왔다. 시골 여자는 소뿔로 만든 커다란 빗을 가지고 온 정성을 다해 스테파니의 길고 검은 머리카락을 빗질하고 있었고, 스테파니는 즈느비에브에게 머리를 내맡긴 채 뭔가 억눌린 듯한 소리지만 본능적으로 느껴진 쾌감이 묻어나는 그런 소리를 간간이 질렀다. 달봉은 백작 부인이 완전히 넋이 나간 상태라는 것을 보여주는 방치된 육체와 동물적인 무심함을 접하고 전율이 일었다.

"필리프! 필리프!" 그가 한탄했다. "지난 불행은 아무것도 아닐세. 그러니까 희망이 조금도 없는 것입니까?" 한탄하던 그가 의사에게 물었다.

늙은 의사는 눈을 들어 하늘을 바라볼 뿐이었다.

"안녕히 계십시오, 선생님" 달봉이 노인의 손을 붙잡으며 말했다. "제 친구가 절 기다리고 있어서요. 조만간 제 친구를 만나시게 될 겁니다."

"그녀가 틀림없어." 달봉 후작이 전하는 말을 처음 몇 마디 듣고 나서 쉬시가 소리쳤다. "아! 이제껏 긴가민가했다니!" 그가 평소 엄격해 보이기만 했던 검은 두 눈에서 눈물 몇 방울을 떨구며 덧붙였다.

"그렇다네, 방디에르 백작 부인 맞아." 사법관이 대답했다.

대령은 갑자기 일어나더니 부리나케 옷을 입었다.

"어이, 필리프" 어리둥절해진 사법관이 말했다. "혹시 너도 미친 거야?"

"천만에, 난 이제 아프지 않아." 대령이 꾸밈없이 대답했다. "그 소식이 내 모든 고통을 잠재워주었네. 그리고 내 머릿속은 스테파니 생각뿐인데 무슨 아픔을 느낄 겨를이 있겠는가? 내가 직접 선인 수도원으로 가겠네. 가서 그녀를 만나고, 그녀에게 말을 걸고, 그녀를 정상으로 되돌리겠네. 그녀는 이제 매인 몸이 아니야. 맞아, 행복이 우리에게 미소 지을 거야. 그렇지 않다면 신의 섭리 따위는 없는 것이겠지. 그 가엾은 여인이 내 목소리를 듣고도 정신이 돌아오지 않을 수 있다고 생각해?"

"그녀는 이미 너를 보았지만 너를 알아보지 못했어." 친구의 들뜬 희망을 감지하고 의혹을 제기해 사태를 직시하도록 할 요량으로 사법관이 차분하게 대꾸했다.

대령은 소스라쳤다. 그러나 믿을 수 없다는 표시로 가볍게 몸을 으쓱하면서 이내 미소를 지었다. 아무도 감히 대령의 계획에 반대할 수 없었다. 잠시 후 대령은 의사와 방디에르 백작 부인을 만나러 낡은 수도원에 도착했다.

"그녀는 어디 있습니까?" 그는 도착하자마자 크게 말했다.

"쉿!" 스테파니의 숙부가 그에게 대답했다. "지금 자고 있어요. 자, 저길 보시게."

필리프의 눈에 가엾은 여인이, 실성한 여인이 벤치에 웅크린 채 햇볕을 쬐며 자는 모습이 들어왔다.

얼굴을 덮은 무성한 머리숱이 타는 듯한 열기로부터 그녀의 두부를 보호해주었다. 두 팔은 우아하게 땅바닥으로 내려뜨렸다. 그녀의 몸은 한 마리 사슴처럼 늘씬했다. 무릎을 구부리고 있어 두 발이 자연스럽게 몸 밑에 숨었다. 가슴은 일정한 간격으로 오르락내리락했다. 피부색과 안색은 우리가 그토록 경탄해 마지않는 어린아이의 속이 비칠 정도로 뽀얀 살갗, 바로 그 새하얀 도자기 빛깔이었다. 그녀 곁에 찰싹 달라붙어 가만히 있는 즈느비에브는 아마도 스테파니가 미루나무 꼭대기에 올라가 꺾어온 듯한 나뭇가지를 손에 쥐고 있었다. 백치 여자는 잎이 무성하게 달린 그 가지를 잠든 그녀의 동무 위에 살랑살랑 흔들면서 파리를 쫓고 시원한 바람을 일으켰다. 시골 여자가 동무의 숙부 판자 씨와 대령을 쳐다보았다. 그러고는 주인을 알아본 짐승처럼 놀라거나 뭔가를 생각하는 기색 하나 없이 천천히 백작 부인에게 고개를 돌리고 하던 대로 계속 그녀를 돌보았다. 날씨는 타는 듯 뜨거웠다. 돌 벤치가 반짝거렸고, 풀밭 위로 아지랑이가 금가루처럼 일렁이며 하늘 높이 이글이글 피어올랐다. 그러나 즈느비에브는 그 타오르는 열기를 느끼지 못하는 것 같았다. 대령은 두 손으로 의사의 두 손을 강하게 맞잡았다. 군인의 눈에서 흘러내린 눈물이 두 뺨을 타고 흘러내려 풀밭 위, 스테파니의 발치에 뚝뚝 떨어졌다.

"이보시게", 스테파니의 숙부가 말했다. "지난 이 년간 난 날마다 가슴이 찢어지도록 애달팠다오. 당신도 곧 나처럼 되겠지요. 울지는 않는다고 해도 극심한 고통을 느낄 겁니다."

"그녀를 이제까지 잘 보살펴주셨군요." 대령이 감사와 질투가 반반씩 섞인 표정을 지으며 말했다.

그 두 남자는 이심전심 마음이 통했다. 그러고는 그들은 다시 두 손을 꼭 잡은 자세 그대로 세상없이 평온한 그 매혹적인 여인의 잠든 얼굴을 한동안 가만히 바라보았다. 스테파니가 가끔 한숨을 토해냈다. 감각이 살아있음을 겉으로 보여주는 그 한숨 소리에 불행에 빠진 대령은 안도감을 느끼며 몸을 부르르 떨었다.

"오호!" 판자 씨가 대령에게 차분한 어조로 말했다. "너무 기대하지는 마시오, 선생. 지금 보고 있는 이 모습이 이 여인이 지닌 이성의 전부요."

사랑해 마지않는 연인이 잠든 모습을 몇 시간이고 꼼짝도 하지 않고 지켜보면서 잠에서 깨어나 자기에게 미소 지을 걸 떠올리며 벅찬 희열감에 빠져본 경험이 있는 사람들이라면, 대령의 마음을 뒤흔드는 그 달콤하면서도 두려운 기분을 이해할 수 있을 것이다. 대령에게 그 잠은 하나의 환영이었다. 반면 깨어남은 하나의 죽음, 죽음 중에서도 가장 끔찍한 죽음이었을 것이다. 그때 갑자기 새끼 염소 한 마리가 껑충껑충 벤치로 달려와 스테파니에게 킁킁거리며 코를 들이댔고, 그 소리에 스테파니가 깨어났다. 그녀는 두 발을 딛고 사뿐히 일어났는데, 호들갑스러운 새끼 염소도 그 동작에 놀라지 않을 정도였다. 그러나 필리프를 보자 그녀는 저만치 딱총나무 울타리로 달아났고, 그 뒤를 그녀의 동무가 네 발로 뛰며 따라갔다. 그리고 나서 그녀는 놀란 새처럼 가냘프게 울부짖었는데, 백작 부인이 맨 처음 달봉에게 모습을 드러냈던 쇠살문 근처에서 대령이 들었던 바로 그 비명이었다. 그러다 그녀는 양골담초를 타고 기어 올라가 푸른 잎이 무성한 그 나무 꼭대기에 자리를 잡더니 숲속의 나이팅게일 중에서도 가장 예민한 녀석이 침입자를 경계하듯 주의 깊게 이방인을 지켜보았다.

"아듀, 아듀, 아듀!" 그녀가 소리를 냈지만, 그것은 그 말의 본래 뜻을 느끼게 하는 억양이 단 한 군데도 없는, 영혼이 실리지 않은 소리였다.

그것은 그저 자기 곡조를 불어대는 새의 무미건조한 소리였다.

"그녀는 나를 알아보지 못하는구나." 대령이 절망하며 외쳤다. "스테파니, 나야 필리프, 너의 필리프라고, 필리프."

가엾은 군인은 양골담초 쪽으로 발걸음을 옮겼다. 그가 나무 가까이 다가가자 백작 부인은 두려운 표정 같은 것이 눈에 살짝 비치긴 했지만 올라올 테면 올라오라는 식으로 그를 쳐다보았다. 그러다 그녀는 단번에 양골담초에서 아까시나무로, 아까시나무에서 가문비나무로 훌쩍 날아가더니 믿을 수 없을 정도로 가볍게 이 가지 저 가지를 옮겨 다니며 균형을 잡았다.

"그녀를 따라가지 마시오." 판자 씨가 대령에게 일렀다. "계속 그러면 당신과 그녀 사이에 끝내 극복할 수 없는 반감이 생길 것이오. 그녀가 당신을 알아보도록, 당신이 그녀를 길들이도록 내가 당신을 돕겠소. 우선 저 벤치로 가세요. 당신이 저 가엾은 여인에게, 실성한 여인에게 전혀 관심을 보이지 않고 있으면, 얼마 안 되어서 그녀가 당신을 살펴보기 위해 슬그머니 다가오는 걸 보게 될 것이오."

"그녀인데! 나를 알아보지 못하다니, 나를 피해 달아나다니", 대령이 투박한 벤치에 무성한 잎으로 그늘을 드리우고 있는 나무에 등을 기대고 털썩 주저앉으며 주억거렸다. 그러고는 고개를 푹 수그렸다. 의사는 말없이 지켜보았다. 이윽고 백작 부인이 도깨비불처럼 날아서, 때로는 바람에 흔들리는 나무가 출렁이는 대로 몸을 맡기며 가문비나무 꼭대기에서 가볍게 내려오기 시작했다. 그녀는 이방인을 탐색하기 위해 나뭇가지를 옮길 때마다 잠깐씩 멈추었다. 그러나 이방인이 움직이지 않는 것을 보고 마침내 풀밭 위에 폴짝 뛰어내려 잠시 서 있다가 초원을 가로질러 느린 걸음으로 그에게로 접근했다. 그녀가 벤치에서 열 걸음 정도 떨어진 나무에 기대고 서자 판자 씨가 대령에게 나지막하게 말했다. "내 오른쪽 호주머니에서 살그머니 각설탕 몇 개를 꺼내시오. 그런 다음 그걸 그녀에게 내밀어보시오. 그러면 그녀가 다가올 게요. 내 당신을 위해 그녀에게 단것을 주는 즐거움을 기꺼이 포기하겠소. 설탕의 도움으로, 그녀가 설탕을 얼마나 좋아하는지 모르오, 당신은 그녀를 길들여서 당신 가까이 오게 할 수 있고, 당신을 알아보게도 할 수 있을 거요."

"그녀가 여자였을 때는", 필리프가 구슬프게 대답했다. "설탕이 들어간 음식을 전혀 좋아하지 않았었는데."

대령이 오른손 엄지와 검지로 설탕 조각을 들고 스테파니를 향해 흔들자 그녀가 다시 그 야성의 소리를 내지르더니 필리프 쪽으로 홀쩍 달려왔다. 그러다가 우뚝 멈춰 서서 이방인이 그녀에게 불러일으키는 본능적인 두려움과 설탕 사이에서 갈등했다. 그녀는 설탕을 쳐다보다가 고개를 돌려 외면하다가를 교대로 반복했는데, 그 모습이 마치 주인이 천천히 읊는 알파벳의 마지막 글자 중 특정한 어떤 글자를 말하기 전에는 먹이에 입을 대는 것이 금지된 불쌍한 개 같았다. 마침내 짐승의 열정이 두려움을 상대로 승리를 거두었다. 스테파니는 필리프에게 홀쩍 다가와 먹이를 받기 위해 햇볕에 그을린 아리따운 손을 내밀었고, 그 손이 애인의 손가락에 닿았고, 이어서 각설탕을 채가더니 덤불 숲속으로 사라졌다. 이 끔찍한 장면이 대령을 슬픔에 빠지게 했고, 대령은 눈물범벅이 되어 건물 안 응접실로 달려갔다.

"사랑은 정보다 용기가 덜한 건가요?" 판자 씨가 대령에게 말했다.

"남작, 난 아직 희망의 끈을 놓지 않고 있소. 내 가련한 조카딸은 이전에는 당신이 지금 보고 있는 상태보다 훨씬 더 암담한 상태에 놓여 있었소."

"가능할까요?" 필리프가 외쳤다.

"그녀는 예전에 벌거벗고 다녔소." 의사가 대꾸했다.

대령은 두려움에 몸을 떨다가 얼굴이 창백해졌다. 의사는 그 창백함에서 어떤 불길한 징후를 감지하고는 그에게 다가와 맥박을 짚어보았다. 몸이 고열로 뜨거웠다. 여러 차례 간청한 끝에 의사는 그를 침대에 눕혔고, 잠을 재워 진정시키기 위해 적은 양의 아편을 처방했다.

여드레 정도가 흘렀다. 그동안 쉬시 남작은 죽을 것 같은 불안감에 자주 시달렸다. 얼마 안 돼서 그의 눈에는 눈물도 말라붙었다. 자주 무너져내린 그의 영혼은 실성한 백작 부인이 보여주었던 장면에 도저히 적응할 수가 없었다. 그러나 그는 그 잔인한 상황과 이를테면 일종의 타협을 했고, 그리하여 그의 고통이 어느 정도 누그러지는 것을 느꼈다. 그의 영웅심은 한계를 몰랐다. 용기를 낸 그는 스테파니에게 단것을 종류별로 선택하게 해서 그녀를 길들이기로 마음먹었다. 그는 그녀에게 그 양식을 제공하는 데 상당히 공을 들인 결과, 그리고 자기 정부

의 본능에 대한 지배를, 다시 말해 그녀의 무너진 지성에서 마지막으로
남은 조각에 대한 지배를 계획한 대로 참을성 있게 조금씩 늘려간 결
과, 마침내 그녀를 그 옛날 어느 때보다도 더 사적으로 친숙한 존재로 만
드는 데 성공했다. 대령은 매일 아침 수도원의 정원으로 내려갔다. 그
리고 백작 부인을 한참 찾았는데도 그녀가 어떤 나무 위에서 하늘하늘
그네를 타는지, 어느 구석에 숨어 새들과 놀고 있는지, 어느 지붕 위에
걸터앉아 있는지 알 수 없을 때면, 그는 옛날 그들이 서로 사랑했던 시
절의 어떤 기억과 밀접하게 연결된 '시리아로 출정하며'라는 연가*의
유명한 아리아를 휘파람으로 불렀다. 그러면 즉시 스테파니가 새끼 사
슴처럼 경쾌하게 달려왔다. 그녀는 대령을 하도 자주 보아서 이제 대령
은 그녀에게 두려움의 대상이 아니었다. 얼마 안 되어 그녀는 익숙하게
대령의 무릎 위에 앉아 마르고 유연한 팔로 스스럼없이 대령을 감싸 안
았다. 연인들에게는 너무도 정겨운 그런 자세를 한 상태에서 필리프는
설탕을 탐하는 백작 부인에게 사탕같이 단 것들을 하나씩 천천히 건넸
다. 그것들을 다 먹고 나면 스테파니가 원숭이의 동작처럼 정확하고 민
첩하게 필리프의 호주머니를 뒤지는 일도 종종 벌어졌다. 호주머니에
아무것도 남지 않은 것을 확인하면 그녀는 맑은 눈으로, 그러나 생각도
감사의 뜻도 담기지 않은 텅 빈 눈으로 필리프를 빤히 바라보았다. 그
러고 그녀는 그와 함께 놀았다. 그녀는 그의 장화를 벗겨 그의 발을 보
려고 했고, 그의 장갑을 찢기도 하고, 그의 모자를 써보기도 했다. 그러

---

* 당시 보나파르트파를 중심으로 유행하던 연가.

나 그녀는 그가 두 손을 그녀의 머리숱 속에 집어넣고 어루만지도록 내 버려 두었고, 두 팔로 그녀를 끌어안아도 가만히 있었으며, 뜨겁게 퍼 붓는 키스를 별 반응 없이 그냥 받기만 했다. 그러다 그가 눈물을 쏟으 면 그냥 그를 조용히 바라보았다. 그녀는 '시리아로 출정하며'의 아리 아를 휘파람으로 불면 잘 알아들었다. 그러나 그는 끝내 '스테파니'라 는 그녀 자신의 이름을 발음하게 하는 데는 성공할 수 없었다! 필리프 는 그 끔찍하도록 힘겨운 작업을 희망이 절대로 그를 버리지 않으리라 는 믿음으로 버텨냈다. 화창한 가을 오전, 백작 부인이 노랗게 물든 미 루나무 아래 벤치에 평온하게 앉아 있는 것을 볼 때마다 그녀의 불쌍한 연인은 그녀 발치에 누워 그녀를 바라보아도 그녀가 거부하지 않고 가 만히 있는 한 그녀의 두 눈을 하염없이 빤히 바라보면서 그녀의 눈빛 이 예전의 총명함을 되찾기를 염원했다. 때때로 그에게 환영이 떠오르 곤 했다. 그는 그녀가 목석같고 고인 물 같은 눈빛이 아니라 예전처럼 다시 자극에 흔들리면서 부드러워지고 생기 도는 눈빛으로 자기를 바 라보았다고 믿었다. 그래서 그는 "스테파니! 스테파니! 내 목소리가 들 리는구나! 나를 알아보는구나!"라고 소리쳤다. 그러나 그녀는 그의 그 런 외침을 나무를 흔드는 바람 소리나 그녀가 올라타곤 하는 소가 우는 소리와 다를 바 없는, 그냥 공기를 진동하며 나는 하나의 소리처럼 듣 는 표정이었다. 그러면 대령은 절망으로 비틀리는 두 손을 부르르 떨었 다. 절망은 익숙해지지 않고 늘 새로웠다. 시간과 그러한 부질없는 시 련은 그의 고통을 가중할 뿐이었다. 바람 없이 잔잔하던 어느 날 밤, 그 전원의 안식처에 고요와 적막만이 흐르는 가운데, 의사는 저 멀리 남작이 권총에 화약을 장전하고 있는 모습을 발견했다. 늙은 의사는 필리프가 희망을 버린 것을 알아차렸다. 그는 온몸의 피가 심장으로 역류하는 느낌이 들었다. 그간 아득한 절망감에 사로잡혔어도 그가 버텼던 이유는 자기 조카딸이 죽고 없는 편보다는 실성했더라도 살아있는 모습을 지켜보는 편이 더 낫다고 여겨서였다. 그는 급히 달려갔다.

"무슨 일을 하는 거요!" 그가 말했다.

"이건 나를 위해서입니다." 대령이 화약이 장전된 권총 한 자루를 벤치에 올려놓으면서 대답했다. "그리고 이건 그녀를 위한 거고요!" 그가 다른 권총을 잡고 총구 속에 화약을 마저 밀어 넣고 나서 덧붙였다.

백작 부인은 땅바닥에 엎드려서 탄환을 가지고 놀고 있었다.

"당신은 그러니까 모르고 있군요." 의사가 불안감을 속으로 감추고 침착하게 대꾸했다. "오늘 밤 자면서 그녀가 '필리프'라고 읊조린 것을."

"그녀가 내 이름을 불렀다고요!" 남작이 외치며 권총을 땅바닥에 떨어뜨렸고, 스테파니가 떨어진 권총을 집어 들었다. 그러나 남작이 그녀의 손에서 권총을 빼앗고, 벤치에 올려둔 권총도 챙긴 다음 황급히 사라졌다.

"가엾은 것", 의사가 자신이 꾸며낸 속임수가 통한 것에 안도감을 느끼며 한숨을 토해냈다. 그는 실성한 조카딸을 가슴에 꼭 끌어안은 채 말을 이었다. "그가 널 죽일 뻔했어, 이기주의자! 그는 자기가 괴롭다고 너에게 죽음을 안기려고 했다고. 애야 그는 너를 위해 너를 사랑할 줄을 모른단다! 우리는 그를 용서하기로 하자, 안 그래? 그는 무분별해. 넌? 넌 그냥 실성했을 뿐이야. 자! 하느님만이 당신 곁으로 널 부를 자격이 있단다. 우리는 네가 불행하다고 생각하지 않는다. 왜냐하면, 넌 우리의 비참함에 더는 개입하지 않으니까. 우리는 얼마나 어리석은 가! 하지만", 그가 그녀를 자기 무릎에 앉히며 말했다. "하지만 넌 행복하다. 아무것도 널 방해할 수 없다. 넌 새처럼 살아라, 꽃사슴처럼 살아라."

그때 어린 티티새 한 마리가 풀밭 위를 깡충깡충 뛰어다니는 모습을 보고 그녀가 몸을 날렸고, 어린 새 사냥에 성공해 득의의 짧은 비명을 지르고는 목을 졸라 질식시킨 다음, 죽은 새를 물끄러미 바라보다가 아무 일도 없었다는 듯이 나무 밑동에 던져놓았다.

다음 날, 날이 밝자마자 대령은 정원으로 내려가 스테파니를 찾았다. 그는 행복을 믿었다. 그녀가 보이지 않자 그는 휘파람을 불었다. 그의 정인이 나타나자 그가 그녀를 팔로 감쌌다. 그리고 그들은 처음으로 함께 걸어서 나무들이 얽혀 아치를 형성한 아늑한 곳으로 향했다. 아침녘 산들바람에 시든 나뭇잎들이 후드득 떨어졌다. 대령이 바닥에 앉았고, 스테파니도 대령 무릎 위에 앉았다. 필리프는 기쁨에 겨워 몸을 부르르 떨었다.

"내 사랑", 그가 백작 부인의 두 손에 열정적으로 입 맞추며 말했다. "내가 바로 필리프야."

그녀는 갸우뚱하며 그를 쳐다보았다.

"이리 와" 그가 그녀를 꽉 끌어안으며 덧붙였다. "내 심장이 뛰는 게 느껴져? 내 심장은 오로지 그대만을 위해 뛰었었지. 난 영원히 그대를 사랑해. 필리프는 죽지 않았어. 그는 여기 있어. 그대는 그의 위에 앉아 있어. 그대는 나의 스테파니, 그리고 나는 그대의 필리프."

"아듀", 그녀가 입을 열었다. "아듀."

대령은 전율을 금치 못했다. 그의 열광이 자신의 애인에게 통한 증거를 보았다고 생각한 것이다. 희망이 부추긴 자신의 애절한 외침이, 영원한 사랑에서 비롯된, 미친 듯한 열정에서 비롯된 그 마지막 노력이 잠자고 있던 애인의 이성을 일깨웠다고 믿은 것이다.

"아! 스테파니, 우린 앞으로 행복할 거야."

그녀는 흡족해하는 외침을 터뜨렸다. 그리고 그녀의 두 눈도 어렴풋하나마 이성의 광채를 띤 것 같았다.

"그녀가 나를 알아보는구나! 스테파니!"

대령은 가슴이 부풀어 오르고, 눈꺼풀이 축축해지는 느낌이 들었다. 그러나 갑자기 그의 시야에 백작 부인이 그에게 사탕 몇 개를 내미는 모습이 들어왔는데, 그것은 그가 말하고 있는 동안 그녀가 그의 호주머니를 뒤져 찾아낸 것들이었다. 그러니까 그는 원숭이의 교활함을 근거로 짐작하는 수준의 이성을 인간의 사유 작용이라고 착각했던 셈이었다. 필리프는 의식을 잃고 쓰러졌다. 판자 씨가 쓰러진 대령의 몸 위에 앉아 있는 백작 부인을 발견했다. 그녀는 사탕을 깨물며 쾌감이 샘솟는지 요염한 자태를 지어 보였는데, 그녀가 미치기 전 자신이 키우는 앵무새나 고양이를 장난삼아 흉내 내며 그런 식으로 교태를 부렸다면 지켜보는 사람을 호리고도 남았을 것이다.

"아! 친구여", 의식을 되찾은 필리프가 외쳤다. "나는 매일, 매 순간 죽음을 경험합니다! 나는 그녀를 너무나 사랑합니다! 그녀가 미쳤더라도 여자다움을 조금이나마 간직했다면 난 어떤 일이든 견뎠을 겁니다. 하지만 여전히 야만적이고, 심지어는 수치심도 모르는 그녀를 바라보자니, 또 그녀가…"

"그러니까 당신에게는 오페라에나 나오는 그런 터무니없는 사랑이 필요했던 거군요." 의사가 신랄하게 대꾸했다. "당신이 말하는 헌신적인 사랑이란 그러니까 선입견을 따르는 겁니까? 뭐예요! 선생, 난 당신을 위해 내 조카에게 사탕을 주는 그 애처로운 행복도 단념했건만, 그녀와 노는 즐거움도 양보했건만, 다 포기하고 가장 무거운 짐만 짊어졌건만. 당신이 잠들었을 때 난 깨어서 그녀 곁을 지켜요, 난… 자, 선생, 그녀를 포기하시오. 이 애처로운 은둔처를 떠나주시오. 난 그 소중한 애와 함께 살아갈 수 있소. 나는 그 애의 광기를 이해하고, 그 애의 일거수일투족을 살피오. 나는 그 애의 비밀을 다 알고 있소. 나중 언젠가 당신은 내게 고마워하게 될 거요."

대령은 선인 기도원을 떠났다. 그렇게 발길을 끊다가 한참 후 그는 마지막으로 그곳을 찾게 된다. 의사는 자신이 손님에게 준 충격의 결과에 당혹스러워했다. 그는 비로소 대령을 자기 조카딸과 동등하게 사랑하게 되었다. 두 연인 중에서 특별히 동정을 받을 만한 쪽이 있다면 그 사람은 바로 필리프였다. 그야말로 끔찍한 고통의 짐을 홀로 짊어지고 있지 않은가! 의사는 대령에 관한 정보를 수소문했고, 그 불행한 남자가 생제르맹 인근 자신의 드넓은 소유지에 은거하고 있다는 사실을 알아냈다. 쉬시 남작은 모종의 희망에 기대어 백작 부인을 이전의 모습으로 되돌릴 계획을 세웠다. 그는 의사 몰래 그 엄청난 기획의 준비 작업에 남은 가을을 다 바쳤다. 그의 소유지에는 조그만 강이 하나 흘렀고, 겨울이면 그 강이 범람하여* 널따란 늪지대가 형성되었는데, 그 모습이 베레지나 강 우안을 따라 펼쳐진 늪지대와 거의 흡사했다. 스투드장카가 베레지나 평원을 감싸고 있듯, 인근 언덕 위에 자리 잡은 사투라고 하는 촌락이 늪지대를 둘러싸고 있어 그 무시무시한 장면의 연출에 방점을 찍었다. 대령은 프랑스의 보물들을, 나폴레옹과 그의 군대를 집어삼켰던 그 험악한 강을 재현하는 운하를 파기 위해 일꾼들을 불러 모았다. 자신에게 남아있던 기억의 도움을 받아 필리프는 자신의 드넓은 소유지에 그 옛날 에블레 장군이 두 개의 다리를 놓았던 그 강을 복사해 옮겨놓는 데 성공했다. 그는 교각과 상판을 세운 후 그것들을 불태워 반쯤 타다 만 시커먼 숯덩이들을 실감 나게 형상화했는데, 그래서인지 그 광경은 강 이쪽에서 보나 저쪽에서 보나 낙오병들에게 프랑스로 가는 길이 끊겼음을 각인시키기에 충분했다. 대령은 역경에 처했던 그의 전우들이 구명 뗏목을 건조하기 위해 활용했던 갖가지 잔해들을 구해왔다. 그는 자신이 기댄 마지막 희망의 발판이 되어줄 환상을 완성하기 위해 자신의 드넓은 소유지를 황폐한 전쟁터로 만들었다. 그는 동원된 수백 명의 농부에게 입히기 위해 누더기가 된 군복과 각종 복장을 주문했다. 그는 막사와 야영지와 포대들을 세운 후 불을 질렀다. 그는 그렇게 그 모든 장면을 최대한 참혹하게 재현하기 위해 어느 것 하나 소홀

---

* 프랑스는 겨울이 우기이다.

히 하지 않았으며, 마침내 목표를 달성했다. 12월 초순 무렵, 많은 눈이 내려 대지가 하얗게 뒤덮이자 대령의 눈앞에 베레지나가 펼쳐졌다. 이 가짜 러시아는 놀라울 정도로 실상과 가까웠는지라 대령의 군대 동료들 여럿은 예전에 겪었던 비참한 광경이 그대로 자신들 앞에 펼쳐진 느낌을 받았다. 쉬시 씨는 자신이 연출한 그 비극적 재현에 대해 철저히 보안을 유지했는데, 당시 파리의 여러 모임에서는 그러한 식의 재현이 광적이라고 할 만큼 뜨거운 화젯거리가 되었던 탓이었다.*

1820년 1월 초, 대령은 방디에르 백작 부부를 모스크바에서 스투드장카까지 태우고 간 마차와 흡사한 마차를 타고 릴라당 숲으로 향했다. 그가 목숨을 걸고 러시아군 진영까지 들어가 노획했던 말과 거의 비슷한 말들이 마차를 끌었다. 그는 자신이 1812년 11월 29일 착용했던 것과 같은 더럽고 괴상한 옷들과 모자로 복장을 갖추고, 그때 소지했던 것과 같은 무기로 무장했다. 그는 그 끔찍한 진상의 재현에 빠뜨리는 것이 하나도 없도록 수염과 머리까지 그때와 똑같이 길렀고 얼굴도 며칠째 닦지 않았다.

"당신이 이럴 줄 알았소." 대령이 마차에서 내리는 것을 보고 판자 씨가 목소리를 높였다. "당신의 계획이 성공하기를 바란다면 일단 지금은 이런 차림으로 나타나지 마시오. 오늘 밤 내가 내 조카딸에게 약간의 아편을 먹이겠소. 그녀가 잠들어 있는 동안 그녀가 스투드장카에

---

* 1820년대와 30년대 사이에 엄청난 인기를 누렸던 '파노라마'라는 공연 형태를 가리킨다.

서 입었던 그대로 그녀에게 옷을 입힙시다. 그리고 그녀를 이 마차에 태우는 겁니다. 내가 내 사륜마차를 타고 당신 뒤를 따라가겠소."

새벽 두 시 경 젊은 백작 부인이 마차로 옮겨져 당시처럼 누더기 같은 모포로 둘둘 말린 채 방석들 위에 눕혀졌다. 농부 몇 명이 이 이상한 납치 현장에 불을 밝혀주었다. 그때 갑자기 날카로운 비명이 밤의 적막 속에 울려 퍼졌다. 필리프와 의사는 뒤를 돌아보았다. 즈느비에브가 자고 있던 움막 같은 방에서 거의 벌거벗은 상태로 뛰쳐나오는 모습이 보였다.

"아듀, 아듀, 다 끝났어, 아듀", 즈느비에브가 뜨거운 눈물을 흘리며 외쳤다.

"아니, 즈느비에브, 무슨 일이니?" 판자 씨가 그녀에게 물었다.

즈느비에브는 절망적인 몸짓으로 고개를 흔들더니 팔을 높이 쳐들고, 마차를 뚫어지게 쳐다보고, 길게 신음을 토해낸 다음, 극심한 공포감이 역력한 표정을 보이더니 아무 말 없이 움막 같은 방으로 되돌아갔다.

"좋은 징조요." 대령이 외쳤다. "저 처자는 자기 동무를 잃는 것을 아쉬워하고 있소. 저 처자는 스테파니가 곧 정신을 되찾으리라는 것을 내다보고 있는지도 모르오."

"부디 그렇게 되기를" 이 돌발 사건에 불길한 생각이 든 판자 씨가 말했다.

의사 판자 씨는 광기 문제에 깊은 관심을 가진 이후로 정신병자들이 어느 정도 증명을 해 보인, 그리고 복수의 탐험가들이 전하는 말에

157

따르면 야만적인 부족들에서 나타난다고 하는 예지력과 투시력의 사
례들을 몇 번 접한 적이 있었다.

대령이 치밀하게 계산한 시간표대로, 스테파니는 오전 아홉 시에
허구의 베레지나 평원을 지났고, 거기서 백 보가량 떨어진 곳에 설치된
폭죽 장치에서 터져 나온 폭음으로 인해 잠에서 깨어났다. 그것이 신호
탄이었다. 천여 명의 농부들이 일제히 엄청난 함성을 질러댔다. 그 함
성은 옛날 2만 명의 낙오병들이 자신들의 잘못으로 죽거나 포로 신세
로 전락할 처지가 되었을 때 러시아 군대마저 놀라게 한 절망의 함성
과 흡사했다. 그 함성에, 그 대포 소리에 백작 부인이 마차 밖으로 튀어
나와 눈 덮인 벌판을 공포에 질려 미친 듯이 질주했고, 마침내 불탄 야
영지와 얼어붙은 가짜 베레지나 강에 띄워놓은 그 운명의 뗏목과 마주
쳤다. 중령 필리프가 그곳에서 군중을 상대로 군도를 휘두르고 있었다.
방디에르 부인이 모두의 가슴을 얼어붙게 만드는 비명을 질렀고, 이어
서 대령 앞에 섰다. 대령의 가슴이 심하게 두근거렸다. 그녀는 잠시 생
각을 가다듬은 다음, 우선 그 괴이한 화폭을 흐릿한 시선으로 바라보았
다. 눈 깜짝할 새에 그녀의 두 눈이 우리가 새의 반짝이는 눈을 접할 때
탄복하는, 지능이 결핍된 그 투명한 광채를 띠었다. 이어서 그녀는 명
상에 잠긴 사람의 전형적인 동작 그대로 손을 이마에 갖다 댄 채 생생
하게 되살린 그 기억 속 현장을, 자신 앞에 옮겨놓은 그 지나간 삶을 응
시했고, 그러다가 갑자기 필리프에게 고개를 돌리고 그를 바라보았다.
무시무시한 침묵이 군중을 뒤덮었다. 대령은 숨을 헐떡이며 입을 열 엄
두를 내지 못했다. 의사는 눈물을 흘렸다. 그 순간 스테파니의 아름다

운 얼굴에 희미하게 화색이 돌았다. 이어서 미세한 색조 변화가 거듭되더니 마침내 싱그러움으로 눈부시게 빛나는 젊은 여자의 광채를 되찾았다. 그녀의 얼굴이 건강한 자줏빛으로 변했다. 불꽃처럼 타오르는 지능으로 도도하게 살아난 삶과 행복의 불길이 차츰차츰 그녀의 얼굴에 번졌다. 발작적인 경련이 발끝에서 심장으로 혈관을 타고 올라갔다. 그러다가 순식간에 벌어졌던 그 현상들이, 스테파니의 두 눈에서 천상의 빛이, 활활 타오르는 불꽃이 반짝하더니, 끈으로 묶이듯 하나로 합쳐졌다. 그녀가 되살아났다! 그녀가 생각을 한다! 두려움을 느끼는지 그녀가 몸을 떤다! 하느님이 맨 처음 풀어주셨던 그 혀, 그러나 그 후 오랫동안 죽어있던 그 혀를 하느님이 손수 다시 한번 되살려주셨고, 꺼져있던 그 영혼에 당신의 불을 다시 던져주셨다. 인간의 의지가 강한 전류를 타고 돌아와 자신이 그토록 오랫동안 자리를 비웠던 그 육체를 활기차게 살아 움직이게 했다.

"스테파니", 대령이 소리쳤다.

"오! 필리프 당신이군요." 가엾은 백작 부인이 입을 열었다.

그녀는 대령이 내민 떨리는 팔 안에 몸을 던졌고, 두 연인의 포옹에 구경꾼들이 놀라 벌어진 입을 다물지 못했다. 스테파니는 눈물을 터뜨렸다. 그러다 갑자기 그녀의 눈물이 말라붙더니 벼락을 맞은 것처럼 순식간에 축 늘어졌다. 그리고 꺼져가는 목소리로 말했다. "아듀, 필리프. 당신을 사랑해, 아듀!"

"오! 그녀가 죽었다." 대령이 팔을 풀고 소리쳤다.

늙은 의사는 조카딸의 축 늘어진 육신을 받아 안고 젊은 청년이 하는 식으로 그녀에게 입을 맞추고는 그녀를 안은 채로 자리를 옮겨 나뭇단 위에 가서 앉았다. 늙은 의사는 경련으로 덜덜 떨리는 허약한 자신의 손을 백작 부인의 가슴에 올려놓고 그녀를 주시했다. 심장이 멈추었다.

"맞소." 그가 굳어 있는 대령과 스테파니의 얼굴을 번갈아 바라보며 말했다. 죽음이 스테파니의 얼굴에 덧없는 광채를, 어쩌면 찬란한 미래의 담보물인지도 모르는 그 눈부신 아름다움을 드리웠다. "그렇소, 그녀는 죽었소."

"아! 이 미소", 필리프가 외쳤다. "이 미소 좀 보세요! 죽었는데 이게 가능해요?"

"그녀의 몸은 이미 차갑게 식었소." 판자 씨가 대답했다.

쉬시 씨는 그 스펙터클에서 벗어나기 위해 몇 발자국을 옮겼다. 그러다 발을 멈추고 실성했던 여인이 알아들었던 그 곡조를 휘파람으로 불렀다. 그래도 그의 애인이 달려오지 않자 그는 술 취한 사람처럼 흔들거리는 걸음으로, 여전히 휘파람을 불면서, 그러나 다시는 뒤 돌아보지 않고 멀어져갔다.

필리프 드 쉬시 장군은 사교계에서 매우 다정하고 특히 매우 쾌활한 인물로 통했다. 며칠 전, 어떤 귀부인이 그에게 성격이 밝고 늘 한결같다고 찬사를 건넸다.

"아, 마담", 그가 그녀에게 답례했다. "혼자 있는 밤이면 낮에 내가 했던 농담의 대가를 비싸게 치른답니다."

"그럼 내내 혼자신가요?"

"아닙니다." 그가 빙긋이 웃으며 대답했다.

인간의 심성에 대해 정확한 판단을 내리는 관찰자가 그 순간 쉬시 백작이 지은 표정을 보았더라면, 모르긴 해도 소름이 돋았을 것이다.

"왜 결혼하지 않나요?" 기숙학교에 보낸 딸이 여럿 있는 그 귀부인이 계속해서 물었다. "부자에다 귀족 작위도 있잖아요, 그것도 전통 귀족 작위로요. 재능도 뛰어나고 앞날도 창창하니 만사가 당신에게 미소를 짓겠어요."

"그렇겠죠." 그가 대답했다. "그러나 저를 죽음으로 이끄는 미소가 하나 있답니다."

다음 날, 그 귀부인은 쉬시 씨가 전날 밤 자신의 머리에 권총을 쏘아 자살했다는 소식을 전해 듣고 경악을 금치 못했다. 상류 사교계는 이 놀라운 사건에 대해 다양하게 입방아를 찧어댔다. 저마다 그 이유를 추론했다. 추론자들의 개별적인 성향에 따라서, 도박이, 사랑이, 야심이, 숨겨온 지병이 그 파국, 그러니까 1812년에 시작되었던 한 비극적 드라마의 대단원을 장식한 장면인 그 파국의 원인으로 지목되었다. 세상에는 정체 모를 괴물과 매일 싸움을 벌이고, 싸울 때마다 승리를 거두는 불행한 능력을 하느님으로부터 부여받은 강한 존재들이 있다. 쉬시 백작이 그런 강한 존재에 속한다는 사실을 아는 사람은 단 두 명, 한 사법관과 한 늙은 의사뿐이다. 그런데 하느님께서 아주 잠깐 당신의 전능한 손을 그 강한 존재들에게서 거두어들인다고 해보자, 그 순간 그들은 맥없이 푹 쓰러진다.

파리, 1830년 3월.

발자크, 환상과 현실 그리고 리얼리즘

————————————————— | —————————————————

이번에 우리말로 옮겨 한 권으로 묶어낸 발자크의 중편소설 두 편, 『회개한 멜모스』와 『아듀』는 『인간극』에 속하는 세 개의 하위 '연구'(『풍속 연구』『철학 연구』『분석 연구』) 중 『철학 연구』에 속하는 작품이다. 중편답게 밀도 있는 이야기 전개를 보여주는 이 두 작품은 발자크의 작품세계를 언급할 때마다 논란이 분분한 '현실 재현'이라는 문제를 작품의 중심 주제로 삼는다는 공통점을 지니기도 한다. 이 두 작품의 우리말 번역이 소문이 자자한 이야기꾼 발자크의 참모습을 직접 감상할 수 있는 또 한 번의 계기가 되기를 바라며, 옮긴이 해설은 두 작품을 한 권으로 엮게 한 그 공통점을 좀 더 구체적으로 살펴보는 자리로 삼으려 한다. 그 과정에서 발자크의 작품세계에 조건반사처럼 따라붙는 이른바 '리얼리즘의 문제'를 푸는 실마리가 주어지기를 바라고, 그렇게 된다면 문학이라는 이름으로 불리는, 세계를 재현하려는 인간의 그 독특한 욕망이 모호하기만 한 제 모습을 한 자락 슬쩍 내비쳐줄지도 모를 일이다.

『회개한 멜모스』와 『아듀』는 '사실주의자' 발자크라는 관습적 규정을 좀 더 세심하게 살펴보게 해주는 작품이다. 발자크는 자기 시대의

'사실-현실', 그러니까 '리얼리티'라고 인정되는 것에 대해 줄기차게 의문을 제기해온 작가이다. 그는 자신이 소설로 옮겨야 할 19세기에 대해 "움직이는 모자이크" 혹은 "극도로 요동치는, 고정해 놓기가 너무 어려운 모델"이라는 비유를 자주 든다. 문학사는 보통 발자크의 세계를 "프랑스 사회에 대한 거대한 한 편의 회화 (…) 실재하는 완벽한 하나의 사회"(귀스타브 랑송)라고 안내한다. 그런데 실재하는 현실이라는 것은 무엇인가? 그것은 엄밀히 말하자면 누군가에 의해, 무엇인가에 의해 그렇게 존재한다고 믿게 만들어진 것이 아니겠는가. 발자크는 19세기 초반이라는 격변기가 어떻게 생겼고 어디로 흘러갈지 도무지 알 수 없어서, 그리고 인간과 세계를 설명해온 이전의 공식에 더는 기댈 수 없고 새로 만들어지는 공식에도 선뜻 수긍할 수가 없어서 『인간극』이라는 가상의 현실을 구축하는 방식으로 자기 세계의 정체를 파악해보고자 한 작가이다. 우리가 19세기 프랑스라고 알고 있는 그것은 원래부터 그렇게 있는 것이 아니라 그것을 이해 가능한 구조로 만들어놓으려는 발자크의 분투로, 물론 발자크 혼자만의 분투만은 아니었겠지만, 형상화되었다고 해야 옳을 것이다. "발자크가 없었더라면 19세기는 존재하지 않았을 것이다"(클로드 뒤셰)라는 말은 결코 의례적인 찬사가 아니다. 두 작품에서 나타나는 '현실과 환상', 그리고 '현실 재현'의 문제를 통해 우리는 자기 시대를 형상화하려 한 발자크의 '분투'를 좀 더 구체적으로 살펴볼 수 있을 것이다.

2-1. 1835년 처음 발표된 『회개한 멜모스』는 제목에서 이미 드러나듯 아일랜드 작가 매튜린Charles Robert Maturin의 소설 『방랑자 멜모스*Melmothe the Wanderer*』에서 촉발되어 쓰인 중편이다. 1820년 발표된 매튜린의 소설은 이듬해 프랑스어로 바로 번역될 만큼 프랑스에서도 대중적 인기를 누리던 작품인데, 발자크는 1828년 출판업에 종사할 무렵 그 소설의 재출간 판권을 산 적이 있을 정도로 각별한 관심을 두고 있었다. 비록 파산으로 재출간 작업은 이루어지지 않았지만, 그 작품에 대한 깊은 관심은 7년 후 일종의 창조적 모방으로 이어지게 된다. 『회개한 멜모스』의 이러한 주변 정황은 이 작품을 '환시자 발자크*'의 한 사례로 꼽히게 해준다. 잘 알려져 있다시피 매튜린의 『방랑자 멜모스』는 괴테의 『파우스트*Faust*』, 바이런의 『맨프레드*Manfred*』와 함께 악마와의 계약을 주제로 하는 환상 장르의 대표적인 작품이다. 파리의 유명 은행인 뉘싱겐 은행의 출납계원 카스타니에 앞에 매튜린의 작품에서 끝내 악마와의 계약을 승계할 자를 만나지 못해 방황하는 영혼으로 남은 존 멜모스가 홀연히 나타난다. 이러한 초반 설정만 해도

---

* 이 이름표는 '현대성의 시인'이라고 불리는 샤를 보들레르가 붙인 'Balzac visionnaire'의 번역이다. 보들레르는 발자크가 보이지 않는 현실을 보이게 한 작가라는 점을 강조한다. '사실주의자 발자크'에 대한 대구로 '환상가 발자크', 또는 '관찰자 발자크'에 대한 대구로 '통찰자 발자크'라고 옮기기도 한다.

문학사에서 안내된 '사실주의자 발자크'라는 모습에 익숙한 눈에는 일단 무척 낯선 전개일 수밖에 없다.

발자크는 왜 매튜린의 환상 소설을 고쳐 쓰고자 했을까? 발자크가 19세기 초에 유행하던 환상 장르의 문제의식에, 다시 말해서 현실과 그 현실을 추인하는 이성에 대한 의심과 반성에서 비롯된 비현실과 초자연의 탐구라는 문제의식에 깊은 공감을 보였다는 점은 그의『인간극』곳곳에서 확인된다. 그러나 그는 환상 장르의 문제 제기 방식이 달라져야 한다는 점도 명확하게 의식하고 있었다.『회개한 멜모스』에는 그것이 매튜린의『방랑자 멜모스』를 어떻게 변용하고자 했는지 짐작하게 해주는「작가 후기」(이 책 88-89쪽에 수록)가 붙어 있다. 거기서 발자크는 매튜린의 작품이 괴테의『파우스트』못지않은 걸작이지만 몇 가지 점에서 약점을 지니고 있다고 지적한다.

먼저, 발자크가 볼 때 매튜린의 소설은 그 무대가 '지금 이곳' 파리로 옮겨진다면 성립될 수 없다. 멜모스가 파리로 왔다면 악마적 권능과 영혼의 교환이라는 계약은 금세 승계자를 찾았을 것이며, 그러면 영혼의 안식처를 찾지 못하고 수세기를 방랑하는 인물은 존재할 수 없었을 테니까 말이다. 이처럼 파리는 소설의 존재 가능성을 결정할 수 있을 만큼 중요한 요소이다. 무대가 파리로 바뀐다는 것은 단순한 공간의 변화가 아니라 이른바 '악마 계약'이라고 하는 것의 성격에 관한 다른 인식을 의미한다. 발자크가 지적한 매튜린의 두 번째 결함 역시 그 '계약'의 새로운 속성과 밀접한 관련을 맺고 있다. 표면적으로 그 결함은 악마나 다름없는 멜모스가 악마 계약을 역시 '악마적인 방법'으로 수행하는 순진성을 보인다는 점이다. 그 지적은 끝내 승계자를 찾지 못하는 매튜린의 원작 소설이 이곳 파리에서는 더는 유효하지 않다는 자각을 감추고 있다. 매튜린에게서 숭고한 영혼은 아직 세상의 타락한 논리와 분리되어 있다. 영혼은 악마와의 계약을 거부한다. 그러나 지금 여기서도 역시 그러한가? 발자크는 그렇게 묻는다. 매튜린의 멜모스가 계약의 승계자를 찾지 못한 까닭은 그의 순진함, 그러니까 '절대적인 가치의 존재'에 대한 여전한 믿음에서 나온다. 발자크는 그 순진성이 더는 작동하지 않는 세상, 그 순진성을 대체한 새로운 어떤 가치를 이야기하고자 한 것으로 보인다.

2-2. 악마의 출현과 악마가 제안하는 계약, 시공의 제약을 넘어서는 권능, 오늘날의 홀로그램 같은 환영의 연출 등 『회개한 멜모스』에 등장하는 환상적 요소는 무수하다. 그러나 그러한 소재만으로 작품의 성격이 규정되는 것은 아니다. 문제는 그 소재가 어떤 식으로 다루어졌느냐 하는 점이다. 『회개한 멜모스』가 환상적인 소재를 다루는 방법을 보면 크게 두 가지 특징이 나타난다.

첫째, 거기에 악마와의 계약은 있으나 그 계약이 전통적으로 제기하는 문제, 곧 인간 조건의 한계에 대한 성찰을 찾기는 어렵다. 나아가 거기에는 진정으로 악마적이라고 할 수 있는 신에 대한 도전이 주제로 자리 잡고 있지 않다. 거기에 그러한 형이상학적 문제들이 언급되는 것은 사실이나 그것은 그런 형이상학적 문제 제기라는 것이 무참하게 조롱받는 대상으로 전락하고 마는 현실을 드러내기 위한 장치이다. 멜모스는 카스타니에 앞에 나타나 마치 파우스트 앞의 메피스토펠레스처럼 자신이 인간의 한계와 시공의 제약을 초월하는 무소불위의 권능을 가진 자, 곧 "빛을 지닌 자, 루시퍼"(46쪽)라고 밝힌다. 그러나 온갖 권능을 과시하며 악마 계약을 종용하는 멜모스에게 완강하게 버티던 카스타니에가 정작 계약을 받아들이게 된 계기는 횡령의 흔적을 지워버리고 마음껏 돈을 쓸 수 있을 것이라는 멜모스의 설득이다. 멜모스와 카스타니에의 거래에는 형이상학적 고뇌가 자리하지 않는다.

인물이나 대상의 묘사가 매우 구체적이라는 점도 악마와의 거래라는 효과를 현저하게 떨어뜨린다. 일반적으로 환상 장르에서는 형상과 인물들이 가능하면 모호하고 암시적으로 처리된다. 중요한 것은 '디테일'이 아니라 '아우라'인 것이다. 그러나 발자크의 작품은 정반대이다. 무엇보다도 작품 초반부에 등장하자마자 장황한 사실적 묘사를 얻고 있는 멜모스의 초상이 그렇다. 멜모스의 모습에 관한 세세한 묘사는 결과적으로는 신비적 분위기를 반감시킨다. 발자크는 파리라는 일상의 현실에 환상 속의 인물이 등장했다는 틀은 받아들이지만, 그 환상의 인물이 지닌 초자연적인 능력에 대한 진지한 탐색에는 별 관심이 없어 보인다. 파리에 온 멜모스는 이제 곧 가속도가 붙어 진행될 영혼 거래의 첫 주자 이상의 의미를 갖지 않는 듯하다. 발자크는 이렇게 악마와의 계약이라는 주제를 희화화하거나 아니면 적어도 거기서 형이상학적 무게를 덜어내려고 한다.

『회개한 멜모스』가 환상적인 소재를 다루는 방법에서 두 번째로 들수 있는 특징은 작품에 등장하는 거의 모든 초자연적인 현상에 빈번히 그 환상의 존재 자체를 부정하는 듯한 현실 논리가 개입한다는 점이다. 환상 장르의 교범에서 환상의 존재 의의가 기존의 현실 논리에 대한 반성과 의심에 있다고 가르치는 것과는 달리, 발자크의 『회개한 멜모스』는 거의 예외 없이 환상이 현실 논리로 부연 설명될 수 있는 여지를 남겨둔다. 몇 가지 예를 들어보자.

멜모스가 은행의 업무시간이 마감된 후 철통같이 보안이 된 사무실에서 서류를 위조하는 카스타니에 앞에 홀연히 나타났다가 사라지는 장면은 멜모스가 시공의 제약을 초월할 수 있는 권능의 소유자이기 때문이라고 언급된다. 그러나 그와 동시에 그 초자연적인 현상이 범죄자 카스타니에의 불안한 심리와 죄책감이 빚어낸 환영이거나, 사무실 안의 난로가 발산하는 유독가스에 중독되었기에 보이는 허깨비일 수도 있다는 진술이 덧붙여진다. 카스타니에에게만 들리는 신비한 목소리도 마찬가지다. 멜모스의 목소리는 카스타니에의 양심의 가책이 만들어내거나 결정을 내리지 못하고 주저하는 갈등이 빚어낸 내면의 소리라고 해석될 수 있는 여지를 남긴다. 작품 중에서 가장 환상적인 장면이라고 할 수 있을 극장 장면도 같은 식의 해석이 가능하도록 설정된다. 멜모스가 초능력으로 연출한 장면 사이사이에 현실의 아킬리나가 개입할 때마다 카스타니에가 불현듯 깨어나는 모습은 그 장면들이 카스타니에의 강박관념의 소산이라고 해석할 수 있는 여지를 제공한다.

『회개한 멜모스』의 정황은 환상 장르의 교범이 알려주는 "초자연적인 것과 자연적인 것 사이의 머뭇거림"에 어느 정도 부합하는 것으로 보인다. 『회개한 멜모스』는 독자가 그 둘 사이에서 분명한 결정을 내리는 것을 방해한다. 그런데 문제는 그 머뭇거림이 궁극적으로 현실의 경계 바깥을 생각하도록 유도한다거나 현실의 법칙을 부정하고 위반하도록 권유하는 데까지는 나아가질 않는다는 점이다. 합리적 이성의 실패나 실증적인 정신으로는 풀 수 없는 딜레마의 제시, 또는 현실과 피안의 경계에 대한 성찰 등은 그 머뭇거림의 끝에서 도출되는 것들이 아니다. 그러니까 발자크는 현실을 의심하고 뒤엎기 위해 환상을 고안하는 쪽으로 나아가는 게 아니라, 그가 현실에서 발견한, 기존의 방식을 송두리째 뒤흔드는 어떤 현상을 '표현'하기 위해 이미 고안되어 있는 환상을 빌린다. 환상은 현실 바깥에 있는 것이 아니라 현실 안에 있다. 발자크는 독자가 느낄 머뭇거림을 통해 그렇게 말하는 듯이 보인다.

전형적인 의미에서의 악마 주제의 부재, 환상을 환상의 언어가 아닌 다른 언어로 이해하도록 여지를 남기는 점 등, 『회개한 멜모스』는 환상 장르에 속한다고 보기에는 현실이 과도하게 개입되어 있다. 게다가 작품 초반의 사회학적 보고서가 앞으로 펼쳐질 이야기의 이해에 필수 불가결하다는 작가의 친절한 설명에도 불구하고, 신랄한 현실비판을 보여주는 도입부가 '멜모스'라는 모티프와 어떻게 결합할 수 있다는 것인지 쉽게 수긍된다고 보기 어렵다. 환상 문학은 "실증주의가 득세한 19세기에 대한 어떤 꺼림칙함"이 낳은 것으로서 "환상적인 요소란 현재에 대한 비판적 독서의 조건"(츠베탕 토도로프)이다. 발자크는 19세기가 발명한 하나의 비판의식으로서의 환상 장르에서 정체를 알 수 없는 현실과 그 속에서 자신이 겪는 지적 위기를 표현할 하나의 양식을 발견한다. 『회개한 멜모스』가 훼손된 환상 장르라면, 그 훼손은 현실이 환상을 침범하여 변질시켰다는 뜻이 아니라 현실의 속성 자체가 엄밀하게 말하자면 환상으로 변했다는 것을 의미한다. 그러므로 문제는 발자크가 자기 시대 현실에서 무엇이 환상적이고 악마적이라고 여겼는지 살펴보는 일일 것이다.

2-3. 발자크가 매튜린의 『방랑자 멜모스』를 고쳐 쓰고자 한 동기가 지금 이곳 파리의 현실을 드러내는 하나의 방법 찾기였으며, 그렇게 찾아낸 방법으로 그는 기존 가치체계의 사라짐과 새로운 가치체계의 대두를 말하고자 했을 것이라는 추론으로 돌아가 보자. 『회개한 멜모스』는 "진보를 자처하는 시대에 정부와 사회라는 두 측면을 통해 살펴본 재능과 미덕"에 대한 긴 고찰로 시작되는 서두를 마무리하며 앞으로 전개될 이야기가 "1815년 이후 돈의 원칙이 명예의 원칙을 대체한 우리 문명의 진정한 상처"(14쪽)를 다루는 것이라고 밝힌다.

독자는 수세기를 거치는 동안 대체자를 찾지 못하던 멜모스가 마침내 카스타니에를 찾아내 악마와의 계약을 벗을 수 있었던 곳이 파리의 뉘싱겐 은행이며, 카스타니에가 멜모스와는 달리 한순간에 자신의 대체자를 찾아낸 곳은 파리의 증권거래소였다는 설정에 주목할 필요가 있다. 사실 『회개한 멜모스』에서 가장 환상적이고 악마적인 부분은 파리라는 현실에 나타난 환상 이야기 속의 인물 멜모스보다, 멜모스로부터 시작된 거래가 증권거래소에서 순식간에 여섯 명의 새로운 계약자를 거치면서 마지막 계약자인 공증인 사무소 2등 서기의 검게 변한 시신으로 종결되는 장면일 것이다. 멜모스는 카스타니에에게 자신은 루시퍼라고 말한다. 빛의 천사 루시퍼는 하느님에게 반항하여 사탄이 된다. 인간의 영혼은 무엇인가? 적어도 기독교 전통에서 인간은 하느님을 본받아 빚어진 존재이다. 그러니까 멜모스가 교환한 것은 하느님의 권능과 악마의 권능이다. 그 둘은 절대적인 가치를 지닌다. 양자택일해야 할, 다시 말해 양립할 수 없는 그 두 절대 가치가 빚는 비극이 바로 전통적인 환상 장르가 보여주는 악마와의 계약이라는 주제의 요체이다. 그런데 파리에 나타난 멜모스가 카스타니에에게서 영혼을 산 대가로 치른 것은 무엇인가? 발자크다운 재해석은 바로 여기서부터 시작한다.

멜모스는 카스타니에에게 지상의 절대 권능을 주고 그의 영혼을 산다. 그런데 카스타니에가 얻은 그 권능은, 계약 이후 서술되는 카스타니에의 삶에서 알 수 있듯 정확하게 돈의 위력으로 환원되는 권능이다. 소설은 "순식간에 얻은 그 어마어마한 힘은 순식간에 집행되고 효력을 발휘하고 소진되었다. 전부였던 것이 전무로 변했다"(63쪽)라고 밝힘으로써 그 악마의 전지전능이 실은 상대적 가치와 다르지 않음을 내비친다. 수세기를 거쳐도 승계자를 찾을 수 없었던 계약은 파리에서 엄청난 액수로 추정되는 금액의 제시로 은행 출납계원 카스타니에와 단숨에 맺어진다. 그 후 그 권능은 상당 기간 출납계원의 손에 머물다가, 어느 날 오후 4시부터 5시 반까지 불과 1시간 30분 만에 증권거래소에서 이루어지는 여섯 번의 거래를 통해 급격한 소멸의 과정을 밟는데, 일차로 한 고리대금업자에게 채무를 갚아주는 액수 미상의 금액에 양도되는 것으로 시작해서, 2차로 어떤 공증인에게 70만 프랑, 3차로 건축업자에게 50만 프랑, 4차로 철물업자에게 10만 에퀴, 곧 50만 프랑, 5차로 목수에게 20만 프랑에 숨 돌릴 틈 없이 양도된다. 그 후 신뢰성이 떨어져 잠시 멈칫하던 계약은 5시 반이 넘어서야 어떤 페인트공에게 헐값으로 추정되는 액수와 함께 성사되며 그날의 거래를 마친다. 거래가 성사되지 않을 정도로 가치가 폭락한 최초의 권능은 마침내 다음 날 한 공증인 사무소의 2등 서기에게 고작 5백 루이, 곧 만 프랑에 넘겨지는데, 그 액수는 그 서기가 창녀를 얻기 위해 구매한 고급 숄의 가격이었다. 하느님에게 도전했던 사탄의 선물은 창녀를 사기 위한 만 프랑짜리 숄로 바뀌고, 시공을 초월했던 권능은 육욕과 쾌락의 제물로 소진되어 버리는 것이다.

이렇듯 은행원 카스타니에에게 건네진 멜모스의 권능은 증권거래소에서 유가증권으로 수차례 거래되다가 마침내 폭락 증시의 휴짓조각처럼 사라지고 만다. 무엇이 악마인가? 황음(荒淫)에 빠진 서기가 매독을 치료하다 수은 중독으로 죽는 결말을 전하는 화자는 "악마가 그 시신 위로 지나갔음이 분명했다"(85쪽)라고 말한다. 발자크는 그에 대한 일종의 자답으로 아주 풍자적인 에필로그를 마련한다. 사망 사건을 조사하러 온 독일의 저명한 악마연구가가 접신론자인 야코프 뵈메를 인용하며 악마가 지나간 시신에 대해 요령부득의 설명을 내놓고 법률사무소의 서기들로부터 지독한 조롱을 받지만, 그런 줄도 모르고 흡족해서 자리를 뜨는 장면이 그것이다. 신비주의의 연구 대상인 악마는 그렇게 풍자와 조롱의 대상으로 전락한다.

그렇다면 무엇이 악마인가? 발자크는 멜모스 이야기를 다시 쓰면서 분명히 지금 이곳 파리의 악마를 규명하려 한다. 멜모스로 대표되는 이전의 악마는 돈의 권능에 탐닉하는 "덜된 악마"(65쪽) 카스타니에를 거쳐 마지막으로는 만 프랑짜리 술로 얻은 쾌락의 대가로 수은 중독에 걸려 사망한 검은 시신이 되어 소멸하고 만다. 전통적인 악마가 소멸한 자리에 "돈의 원칙이 명예의 원칙을 대체한 우리 문명의 진정한 상처"가 들어선다. 멜모스에서부터 2등 서기까지 유가증권처럼 등락을 거듭하다 폭락하는 과정으로 형상화되는 그 시대 사회·경제의 기계장치가 새로운 악마가 된 것이다. 악마는 신비주의에 정통한 악마연구가에 의해 밝혀지는 것이 아니라고 에필로그의 풍자는 말한다. 우리에게 불안과 공포를 안기는 악마는 바로 우리 옆에서 우리를 둘러싸고 있다. 악마는 이제 종교재판소의 감옥에서 발현하는 것이 아니라 은행에서, 증권거래소에서 발현한다. 현대판 지옥의 계약이란 다름 아니라 약속어음의 체결이거나 유가증권의 거래이다.『회개한 멜모스』에서 초자연적인 현상이 현실에 대해 고통스러운 질문을 유발하는 것은 그것이 형이상학적 깊이를 열어 보여주어서가 아니라 사회·경제적 기계장치의 인정사정없는 작동을 적나라하게 보여주기 때문이다.

발자크가 말하는 악마, "돈의 원칙"은 일차적으로는 정신적 가치에 반대되는 물질적 가치 자체를 가리킨다. 증권거래소에서 유가증권이 현기증 날 정도로 평가절하되는 양상은 물질적 가치의 팽배와 정신적 가치의 질식을 떠올리게 한다. 그러나 "돈의 원칙"이 발자크에게 환상적이고 악마적인 까닭은 단순히 물질적 가치가 정신적 가치를 압도해서만은 아니다. 그보다는 오히려 돈이라는 것이 구현하는 가치의 변화 양상, 곧 가치의 교환성 혹은 상대성이 발자크가 악마적이라고 여기는 요체라고 할 수 있다. 아일랜드인 멜모스가 파리에 온 순간, 그리고 그가 그리도 찾아 헤맸던 악마 계약의 승계자를 만나는 순간, 그 계약이 담고 있던 가치는 계량화되기 시작하고 시세에 따라 부침을 거듭한다. 그곳에서는 왕도 백성도 정부도 사상도 신앙도 모두 수치로 계산된다. 발자크는 종래에 절대적이라고 여겼던 모든 가치가 절대성을 잃고 계약을 거쳐 가치가 결정되는 현상을 "우리 문명의 진정한 상처"라고 말한다. 매튜린의 『방랑자 멜모스』 판권을 사기 전후 발자크는 인쇄업과 출판업 등 사업의 실패로 평생 갚지 못할 큰 빚을 지게 된다. 발자크를 평생 글 감옥에 가두게 될 그 빚은 발자크에게도, 후대의 독자들에게도 그 빚과 벌이는 싸움이 '시지프스의 도로'일 뿐이라고 경고한다. 발자크의 전기와 연구들은 발자크가 얼마나 자기 시대에 열광했는지, 그러나 그와 동시에 얼마나 자기 시대에 비판적이었는지 증언해준다. 이 모순된 태도를 달리 이름 붙이자면 이전의 봉건제를 해체한 새로운 봉건제의 등장에 대한 발자크의 통찰이라고 할 수 있지 않을까? 발자크가 볼 때 사라진 (혹은 버린) 가치와 아직 나타나지 않은 (혹은 새로이 찾아야 할) 가치의 간극을 "현재의 사회계약이 근거하고 있는 돈의 봉건제"(16쪽)가 메워줄 수는 없었던 것이다.

환상 장르의 교범들은 그 간극을 메울 수 없을 때 환상이 탄생한다고 우리에게 가르쳐준다. 그 환상은 개인의 상처에 초점을 맞출 수도 있고, 인간 조건의 한계에 대한 자각에 눈을 돌릴 수도 있으며, 발자크의 경우처럼 전대미문의 현실을 조준하는 가늠자로 기능할 수도 있다. 발자크는 이해할 수 없는 현실을 이해할 수 있는 구조로 바꾸고자 했다. 그 현실은 이제까지 없었던 현실이다. 따라서 그것을 이해할 수 있게 표현하자면 새로운 형식을 요구한다. 현실의 속성 그 자체가 환상적인 양상을 보이는 것이다. 토도로프는 20세기에 들어와서 환상 장르가 소멸한 까닭을 카프카를 예로 들어 설명하면서 "고전적인 환상 이야기에서 예외적이었던 것이 법칙이 되었기 때문"이라고 말한다. 발자크의 『회개한 멜모스』는 환상 장르의 극성과 소멸 사이 어디쯤인가에 자리한 현실 인식의 한 모습일 것이다.

2-4. 단순한 '관찰자'라는 '오명'에 빠져있던 발자크는 1859년 샤를 보들레르의 한 글에서 현실 너머를 보는 자, 곧 '환시자 발자크'라는 이름을 얻으면서 새롭게 조망되기 시작한다. 보들레르의 명명 작업이 본격적으로 체계화된 것은 1946년 출간된 알베르 베겡의 『환시자 발자크』라는 선언적 제목의 연구서를 통해서이다. 베겡을 필두로 가에탕 피콩 등이 1940, 50년대에 상징주의나 신비주의의 이름으로 발자크의 사실주의적 측면을 거부하고 나선 것은 당시 프랑스 문학연구계를 지배하던 실증주의의 전횡에 대한 반발이라는 배경을 가진다. 그 반발은 발자크 세계의 본령이 눈에 보이고 만질 수 있는 외적인 현실의 묘사가 아니라 개인의 비전 속에 침전된 현실, 나아가 외적 현실과는 전혀 다르게 구축한 내면의 세계에 있다고 보는 시각으로 확대된다. 다른 한편, 발자크를 '관찰자'와 분리하려는 시도는 발자크가 인간에 대

한 심오한 이해가 모자란 작가라는 오해를 불식하려는 의도도 갖는다. 요컨대 '환시자 발자크'라는 개념은 발자크에게 깊이를 부여하는 작업에서 필요조건이지 충분조건이라고까지는 말할 수 없다.

'환시자 발자크'와 '관찰자 발자크'는 배타적 선택의 문제가 아닐 것이다. 그 둘은 오히려 『인간극』의 저자 발자크를 이루는 필수 불가결하며 상호보완적인 부분이라고 하는 편이 타당할 것이다. 그 두 발자크의 존재는 한 작가의 작품세계란 다름 아니라 그의 의식과 그를 둘러싼 세계와의 관계의 표현이라는 사실을 다시금 일깨운다. '환시자 발자크'가 타당한 것은 작가의 의식이라는 그 관계의 한 쪽을 배제하는 기계적 반영론의 오류를 지적할 때이다. 그러나 배제된 한쪽을 복원하려는 노력이 관념론이나 심령론으로 흘러 다른 한쪽인 현실 세계에 내린 닻줄을 끊는 지경까지 간다면, '관찰자 발자크'는 타당성을 잃지 않을 것이다. 그러므로 문제는 관계인데, 그 관계의 양상은 일방적인 반영이나 초월이 아니라 팽팽한 긴장이다. 작품의 제목에 들어간 "회개하다"라는 프랑스어 동사 réconcilier는 거기에서 종교적 의미를 빼낸다면 모순되는 두 가지 것을 조화시킨다는 의미가 들어있다. 『회개한 멜모스』라는 작품 제목은 발자크 작품 속에서 현실과 환상의 관계를 강조하는 것인지 모른다. 다들 환상이라고 부르는 것을 환상으로 받아들이지 말 것, 다들 현실이라고 부르는 것을 현실로 받아들이지 말 것, 작품 제목은 그렇게 말하고 있는 듯하다.

3-1.『아듀』가 1830년 5월 15일과 6월 5일, 두 차례에 걸쳐 잡지 『라모드』에 분재되어 발표될 때 달고 있던 제목은『군대의 추억: 아듀』였다. 첫 발표 당시 이 작품은 각각 '선인 수도원' '베레지나 도하' '치유'라는 소제목을 단 세 부분으로 나뉘어 있었는데, '군대의 추억' 이라는 제목과 '베레지나 도하'라는 소제목에서 보이듯 이 작품은 나폴레옹 군대의 러시아 전투 패퇴 당시 가장 결정적인 장면이었던, 60 만 대군 중 불과 수만 명의 군인만 살아남았다고 알려진, 1812년 11월 26일에서 29일에 걸친 베레지나 도하 당시의 처참한 전투 장면을 소재로 삼고 있다. '군대-전투'는 발자크가『풍속 연구』를 이루는 여섯 장면 중 하나를 「군대 장면」으로 삼을 정도로 일찌감치 깊은 관심을 둔 소설 주제였다. 이렇게 애초에 「군대 장면」의 기획 아래 발표된『아듀』는 1832년 단행본으로 출간될 때는 「사생활 장면」에 묶이고 제목도『여인의 의무』로 바뀐다. 개작된 것은 아니지만, 작가의 의중이 군대 풍경에서 주인공 두 남녀의 비극적 연애 쪽으로 조금 더 옮겨간 것이다. 그러다가 1834년 말 재출간될 때『철학 연구』에 묶이고 제목은 단순히『아듀』로 바뀌고, 이 편제는『인간극』에서도 유지된다. 이번에는 두 주인공의 비극적 죽음과『철학 연구』의 원리라고 작가 스스로 밝힌 "생각하는 사람을 죽이는 생각"의 관계를 부각하는 쪽으로 무게 중심이 옮겨진 것으로 보인다.

이러한 외면적인 내력만 접한다면 이 작품의 성격이 얼마간 잡다할 것이라는 인상을 받게 될지 모르겠다. 그러나 직접 작품을 접해보면 그러한 인상과는 달리 이 작품이 여러 갈래의 이야기들(역사적 사건, 개인의 삶, 철학적 알레고리 등)을 매우 촘촘한 짜임새 속에 담고 있다는 점을 실감하게 될 것이다. 여기서는 "완벽에 가까운 완성도"를 갖추었다고 찬사를 받는 그 긴밀한 짜임새가 '재현'의 문제에 대한 발자크의 진지한 고민이 낳은 결과라는 점을 밝혀보고자 한다.

3-2. 운동과 저항, 또는 과거의 전복(예컨대 대혁명과 나폴레옹 시대)과 복원(예컨대 왕정복고)이라는 두 의지의 첨예한 대립 양상과 그 의미에 대한 물음은『인간극』의 중요한 주제 중의 하나이다. 그 질문은 혁명전쟁 혹은 나폴레옹 전쟁의 와중에 실종되었거나 사망한 것으로 처리된 인물의 귀환이라는 형식으로 제기되기도 한다. 현재 속에 틈입한 과거의 존재인 그 인물들은 광기에 사로잡히거나 (혹은 광인으로 취급되거나) 금치산선고를 받는 등 현재의 질서에서 철저히 소외되고 배척되는 모습을 보여줌으로써 과거의 전복과 복원이라는 문제가 대단히 풀기 어려운 과제라는 점을 다시 한번 일깨워준다. 그런데『아듀』의 경우 한 걸음 더 들어가 보면 이 문제에 접근하는 방식이 좀 특이하다는 것을 알게 된다. 말을 통한 재현과 이미지를 통한 재현이라는 두 가지 방식을 등장시켜 '과거의 재현'에 대해 그 의미와 한계를 묻는 점이 그것인데, 그 질문을 통해『아듀』는 비록 짧은 소설이지만 "세계의 거울"이자 "세계의 책"을 자처한『인간극』의 야심의 일단을 드러내며, 더 나아가 이른바 '발자크의 리얼리즘'이라고 불리는 것의 의미를

보다 구체적으로 파악할 수 있게 해준다.

이 작품에서 특별히 주목받는 대목은 의사 판자가 달봉 후작에게 전하는 형식으로 삽입된 이야기, 최종본에서 장 구분 제목이 사라지기 전까지 '베레지나 도하'라는 소제목이 붙었던 부분이다. 베레지나 전투의 한 장면을 그린 이 부분은 스테파니와 필리프의 전사(前事)에 해당하는 부분으로서 이야기의 논리적 필요성에 따라 삽입된 것이지만, 따로 떼어놓더라도 한 편의 독립적인 작품으로 취급될 수 있을 만큼 자체적으로 매우 뛰어난 완결성을 갖추었다고 평가받는다. 더 나아가 그 부분은 시대의 요구에 부응하는 발자크의 작가적 역량이 유감없이 발휘되었다는 평가, 이른바 '리얼리즘의 승리'를 다시 한번 확인시켜 주었다는 상찬이 따르기도 한다. 무슨 뜻인가 하면, 전쟁의 비인간성을 그려 보임으로써 발자크는 '본의는 아니었겠지만' 군대의 영광이라는 신화에 일대 직격탄을 날렸다는 것이다. 아닌 게 아니라 발자크의 베레지나 전투 장면 묘사는 나폴레옹의 무훈을 소재로 한 당시의 그림들이 구축한 나폴레옹과 그의 군대의 신격화를 해체하고, 무훈에 초점을 둔 다른 회고록이나 소설과도 확연히 구별되는 시각을 보여준다.

『아듀』의 '베레지나 도하' 장면이 전쟁 기록물로서 압권이라는 점에 대해서는, 그리고 전쟁의 참상에 대해 새로운 시각을 제시한다는 점에 대해서는 이론의 여지가 없을 것이다. 그렇지만 발자크가 이 부분을 삽입한 까닭을 단순히 논리적 전개를 위해서라거나 역사적 사실의 실감 나는 재현을 위해서라고 보기만은 어렵다. 발자크의 질문은 거기서 한 걸음 더 나아가, 재현은 가능한 것인가, 가능한 재현은 무엇인가, 어떻게 재현해야 할 것인가 하는 문제로 확장된다. '베레지나 도하' 장면의 화자는 표면상 판자 의사이지만 실제 이야기는 시종일관 전지적 작가 시점을 취한다. 『아듀』의 화자는 독자에게 의아해 보일 수밖에 없는 그런 형식에 관해 설명이 필요했던지 "여기 싣는 부분은 화자[판자 의사]와 참사관이 주고받은 수많은 여담은 걷어내고 골자만 알맞게 각색했음을 밝힌다."(112쪽)라고 부연한다.

그러니까 문제의 '베레지나 도하' 장면은 겉으로는 드러나지 않는 작품의 화자가 자신의 판단에 따라 판자 의사의 전언에 더할 것은 더하고 뺄 것은 뺀 그러한 이야기인 셈이다. 화자의 그 판단은 효과적인 전달을 위해 내려진 것이겠지만 거기에 이른바 당시 역사물이 전하는 정보나 세상에 떠도는 소문들이 개입했을 여지가 있다는 점을 배제할 수 없다. 그런데 판자의 전언마저도 자신이 직접 경험한 것이 아니라 그 이야기 속에 등장하는 척탄병 플뢰리오에게 나중에 전해 들은 내용이라는 점에서 문제는 한층 더 복잡해진다. 플뢰리오는 '베레지나 도하' 장면 중반부터 등장해 필리프를 대신해 스테파니를 수행할 임무를 부여받은 인물인데, 그 역시 도하 후 얼마 안 돼 "엄청난 불행"(139쪽)으로 인해 스테파니와 헤어졌다가 4년 후인 1816년 스트라스부르의 한 여인숙에서 우연히 스테파니와 재회하고, 주변 사람들로부터 그녀가 그 여인숙에 있게 된 까닭을 '전해 듣는다.' 마침 당시 스트라스부르에서 얼마 떨어지지 않은 곳에 있었던 판자는 "야생녀"(140쪽)가 있다는 소문을 접하고 그 여인숙을 찾게 된 것인데, 거기서 "플뢰리오는 (…) 그 슬픈 이야기에 대해 자기가 알고 있는 것을 모두 내[판자]게 이야기해 주었[던]"(140쪽) 것이다. 그런데 그 플뢰리오마저 그 이야기를 전하고 얼마 후 세상을 떠났다는 점에서 문제는 다시 한번 복잡해진다. 거듭된 릴레이가 여러 겹의 서사 층위를 만들고 역사적 사실과 허구의 이야기를 멀찌감치 벌어지게 만드는 것이다. 더구나 최초의 화자인 플뢰리오의 죽음은 그 허구의 이야기마저 무덤 저편의 이야기로 만들고 만다.

여러 경로를 거쳐 마침내 마지막 화자의 "각색"을 통해 베레지나의 '실상'이 전달되는 방식은 그 '실상'이라는 것이 다수의 발신자와 수신자가 가진 다양한 입장이라는 프리즘을 통과할 수밖에 없다는 점을 보여준다. 잘 알려진 것처럼 플라톤은 예술이 '현실'을 모방할 뿐 '현실성의 본질'은 담고 있지 못하기 때문에 자신의 공화국에서 시인을 추방한다. 그러나 현실성의 본질, 곧 우리가 일상적으로는 실상이라 바꿔 부를 수도 있는 그것을 드러내기 위해 인간은 플라톤에 의해 저주받은 '미메시스'의 숙명을 시지프스처럼 끊임없이 짊어질 수밖에 없고, 그 '재현'의 실행에는 예외 없이 자신이 드러낸 현실을 현실성의 본질이라고 '인정'받고 싶어 하는 욕망이 개입되기 마련이다. '리얼리즘'이라는, 현실과 마주한 인간이 짊어진 숙명이라고 할 그 의지는 어쩌면 현실의 직접적인 재현과는 거리가 먼 것으로서 미메시스라는 기획의 불가능성을 감추기 위한 이데올로기적인 입장을 가리키는 말일지도 모른다. 발자크는 '베레지나 도하'를 재현하면서 베레지나의 실상 자체도 자체지만 그 이상으로 그것이 재현되는 방식에 대해 주의를 환기하며, 이른바 나중에 '리얼리즘'이라고 부를 의지(발자크 시대에 '리얼리즘'이라는 용어는 거의 쓰이지 않았다. 물론 발자크 자신도 자신의 창작 행위에 대해 리얼리즘이나 리얼리스트라는 말을 쓴 적이 없다)에 대해 근원적인 문제를 제기하는 것으로 보인다.

베레지나 전투라는 과거와 그것을 전하는 이야기에 대한 필리프의 태도는 이 점을 더욱 분명하게 뒷받침해준다. 작품 첫머리 사냥 장면에서 달봉 후작은 부지불식간에 필리프의 "아물지 않은 어떤 상처"를 건드린다. 그러자 필리프는 말을 잇지 못하다가 "언젠가 때가 되면 (…) 내 지난 삶을 이야기해줌세. 오늘은 할 수 없을 거 같네."(97-98쪽)라고 덧붙인다. 그러나 이 언약은 끝내 지켜지지 않는다. 고통이 그만큼 생생하고 깊기 때문이라고 할 수도 있겠지만 달봉 후작을 위시한 다른 프랑스인들에 비해 자신의 법적, 도덕적 우위를 증명해줄 수 있는 그 과거를, 그 떳떳한 공훈을 필리프는 자살로 생을 마칠 때까지 결코 '이야기하지 않는다.' 그가 한사코 이야기하기를 거부하는 까닭은 그 과거가 담고 있는 어떤 말 못 할 비밀에 있다기보다는 말함으로써 그 과거가 훼손될지도 모른다는 그의 심각한 우려에 있다고 보는 편이 더 설득력이 있을 것이다.

필리프는 자신의 과거를 일절 말하지 않을 뿐 아니라 자신과 관련된 과거를 전하는 타인의 이야기를 듣는 것도 완강하게 거부한다. 숲에서 조우한 여자가 자신의 애인인 스테파니임을 직감하고 혼절했다가 간신히 살아난 그는 달봉 후작에게 즉시 선인 수도원으로 가서 모든 정보를 파악하고 바로 돌아와 달라고 부탁한다. 그러나 그는 달봉 후작이 판자 의사에게 들은 이야기(독자가 직전에 읽은 바로 그 '베레지나 도

183

하' 이야기)를 전해주려고 입을 열자마자 후작의 말을 가로막는다. 필리프는 간접적으로 이야기를 전해 듣는 대신 직접 대상을 확인하고자 한다. 사실 사건의 당사자인 필리프로서는 달봉 후작이 전하는 이야기를 들을 필요가 없었을 것이다. 그리고 후작의 전언이 필리프에 의해 거두절미되는 상황은 단지 '서술의 경제'에 관련된 장치라고 여기는 것이 무난한 해석일지도 모른다. 그러나 『아듀』는 다름 아닌 바로 그러한 무난한 상식선의 추측을 문제 삼는 작품이다. 필리프는 자신과 스테파니에 관한 이야기를 하기도, 듣기도 완강하게 거부한다. 그에게 화자의 중개를 거쳐야 하는, 간접적일 수밖에 없는 이야기라는 형식의 재현은 불충분하거나 진상을 왜곡한다고 받아들여진다. 그는 자기 모습의 직접적인 제시나 결정적인 장면의 시각적이고 직접적인 되살림만이 스테파니를 예전으로 되돌릴 수 있다고 믿는다. 후대의 독자들에게 '리얼리즘의 정수'라고 극찬을 받게 되는 『아듀』의 두 번째 부분은 적어도 필리프에게는 대단히 불만족스럽고, 그렇기에 새로 재현될 필요가 있는 장면으로 여겨진다.

3-3. 필리프는 자신의 직접적인 제시가 스테파니의 의식과 기억을 되돌릴 수 있으리라고 자신한다. 그러나 그가 믿었던 사랑의 힘은, 다시 말해 정신이 아니라 육체에 새겨져서 절대 지워지지 않았을 것이라 믿었던 흔적을 되살리려던 노력은 기대와 달리 무위에 그치고 만다. 그가 아무리 열렬한 키스를 퍼부어도 그녀의 입에서는 스테파니라는 이름이 나오지 않는다. 가장 이상적이라고 할 '지시 대상', 다시 말해

필리프 자신의 직접적인 제시는 아무런 효과를 낳지 못한다. 이런 에피소드들은 필리프가 택한 최후의 방법이 밟게 될 운명의 전조처럼 보인다. 그가 택한 근본적인 "치료" 방법은 자신과 스테파니가 헤어진 베레지나 도하 당시의 장면을 말이나 글의 중개를 거치지 않고 실물 그대로 옮겨놓는 것이었다. 그는 수개월에 걸쳐 자신의 방대한 소유지인 파리 서북쪽 벌판에 러시아의 베레지나 강 유역을 복원하는 "엄청난 기획"(155쪽)을 세운다. 여러 층위를 거친 이야기 형태의 재현에 불만족을 느낀 필리프는 자신의 기억에 근거한 실물의 직접적인 재현에 매달린다. 그 거대한 공사를 설명하는 부분을 자세히 읽어보면 "재현하다" "복사하다" "형상화하다" 등의 동사가 사용되는 것을 볼 수 있다. 그런 동사들은 언어라는 '기호'의 중개를 거치지 않고 '지시 대상'으로서의 역사를 직접 재구성하려는 필리프의 의도를 표현한다. 필리프와 그의 전우들은 그렇게 재현된 역사를 "실상-진실"로 "인정한다."(이상 155-156쪽) 필리프는, 적어도 그의 생각대로라면, 가장 이상적인 모습의 재현을, '있는 그대로'의 완벽한 '미메시스'를 성취한 셈이다. 그러나 '살림'을 목표로 한 필리프의 재현은 자기 자신과 스테파니의 '죽음'을 불러오는 "비극적 재현"(156쪽)이 되고 만다. 어떠한 중개도 거치지 않고 지시 대상을 그대로 옮겨놓고자 한 그 노력은 왜 실패로 귀결되고 만 것일까? 그 까닭을 알기 위해서는 필리프가 공사를 마무리하고 자신의 "비극적 재현"에 대해 "당시 파리의 여러 모임에서는 그러한 식의 재현이 광적이라고 할 만큼 뜨거운 화젯거리가 되었던 탓"에 "철저히 보안을 유지"(156쪽)했다는 화자의 부연설명에 주목할 필요가 있다. "그러한 식의 재현"은 바로 '파노라마Panorama'라 불리던 스펙터클을 말한다.

'파노라마'는 1787년 스코틀랜드인 로버트 바커Robert Barker가 발명한 이후 19세기 내내 서구를 주름잡은 대중공연 양식이다. 바깥의 빛이 완전히 차단된 거대한 원형건물(로통드) 한가운데에 객석이 있고, 그 둘레에 빛을 투사하는 회전 캔버스를 설치해 사실적인 그림이나 형상을 보여주는 새로운 형식의 그 '쇼'는 초기에는 도시나 자연 풍경을 선보였지만 이내 역사적인 사건들을 주된 소재로 삼는다. 프랑스에서는 1799년 최초로 도입된 이후 19세기 전반기 내내 크게 번성한 공연 양식이었다. 특히 7월 혁명 이후, 대혁명과 나폴레옹 시대의 언급을 금기시했던 복고 왕정이 사라지자 '파노라마'는 대중이 목말라하는 그 지나간 역사를 앞다투어 무대에 올린다. 발자크 역시 이 새로운 유형의 공연에 주목했음은 물론이다. 그러나 발자크는 찬사 일색이던 당시 대중이나 저널의 평가와는 달리 과거를 재현하는 이 화려한 역사 스펙터클에 대해 여러 곳에서 비판적인 견해를 내놓는다. 그가 '파노라마'를 위시해 당시 유행하던 낭만주의 역사극을 비판한 주된 이유는 그것들이 역사적 사건이나 인물을 단순화하고 희화화해 한갓 값싼 오락물로 전락시켰다는 데 있다. 그것들은 역사의 의미를 성찰하는 본연의 공간이라는 의미를 상실했을 뿐만 아니라, 관객을 역사로부터 철저하게 소외시켜 수동적인 존재로 만들었다는 것이 발자크의 생각이었다. '현장감'의 고조라는 명분으로 엄청난 제작비를 들여 시각적 재현에 몰두하는 '스펙터클'은 겉으로는 객관성을 표방하지만, 실상은 과거를 보는 특정의 시각을 암암리에 주입하기 마련이고, 당연히 그 시각은 매체를 장악하고 있는 세력의 이데올로기에 지배를 받을 수밖에 없다는 것이다.

『아듀』에서 필리프와 판자는 스테파니를 놀라울 정도로 실체와 가깝게 재현된 가짜 러시아, "허구의 베레지나 평원"(158쪽)으로 데려가면서 아편을 먹여 잠재우는데, 그 설정은 '파노라마'의 관객들이 암전된 원형극장 안으로 들어가는 정황을 떠올리게 한다. 암전이나 마취는 바깥세상과의 단절의 선제 조건인 것이다. '파노라마'의 관객들이 암전을 통과한 후 갑자기 쏟아지는 빛의 세례에 충격을 받듯, 스테파니도 의도적으로 계산된 시간에 발사된 대포 소리에 놀라 마취에서 깨어난다. '파노라마'의 관객들과 스테파니는 그렇게 외부 세계와 단절된 채 스펙터클이 제시하는 장면을 현실이라 믿게 된다. 오늘날의 독자들은 기 드보르Guy Debord가 20세기 자본주의 사회의 메커니즘을 가리키며 명명한 "스펙터클 사회"라는 개념에 어느 정도 익숙해져 있다. 드보르는 전후 20세기 자본주의 소비사회를 한마디로 "스펙터클의 거대한 축적"으로 규정하는바, 그때 "스펙터클은 이미지의 총합이 아니라 이미지에 의해 매개된 사람들 사이의 사회적인 관계"를 가리킨다. 스펙터클은 인간을 직접적인 경험의 세계와 분리함으로써 위력을 발휘하고, 그렇게 위력을 발휘하는 스펙터클은 다시 인간을 세계에서 완벽하게 소외시킨다. "분리야말로 스펙터클의 알파요 오메가"인 것이다. 물론 드보르의 관점을 19세기 전반으로 그대로 소급 적용할 수는 없을 것이다. 그렇지만 드보르가 제기한 스펙터클 사회의 문제가 19세기 초,

특히 부르주아 혁명이라고 불리는 7월 혁명 이후 체제에서부터 일찌감치 나타나기 시작했다고 볼 수 있는 정황은 매우 많은 편이다. 혁명과 전쟁과 반동으로 점철된 오랜 혼란을 겪고 비로소 안정을 되찾기 시작하면서 부르주아 왕정은 집권의 필연성과 정당성을 역사에서 찾고자 했고, 때마침 불어닥친 낭만주의 역사극과 '파노라마'의 열풍은 그러한 이데올로기의 전파에 적극적으로 활용되었다. 과거 역사에 대한 희화화와 특정한 방향의 관점 설정 작업이 스펙터클을 통해 동시에 진행된 것이다. 그러한 이데올로기 주입 작업의 전파자이자 소비자는 말할 것도 없이 그 당시 막 시작된 산업혁명의 수혜자들로서 안정을 희구하던 중상층 부르주아지였다. 그들만이 당시 숙련노동자의 하루 일당에 육박하는 가격의 스펙터클 입장권을 살 수 있었다. 정체도 방향도 알 수 없었던 역사는, 적어도 집권 부르주아지에는 그렇게 자기 뜻대로 통제가 가능한 대상으로 여겨졌다.

필리프가 연출한 스펙터클에서 "가짜 러시아"를 마주한 스테파니는 잃어버렸던 기억과 이성을 되찾은 것처럼 묘사되지만 그 되찾음과 동시에 죽음을 맞이한다. 그 순간 그녀의 입에서 나온 "아듀"라는 말은 그저 물리적인 소리에 불과했던 이전의 여러 "아듀"와는 달리 '기표'와 '기의'가 결합된 온전한 의미에서의 '기호'로 돌아가지만, 그 말은 아이러니하게도 영원한 작별을 의미하는 그 기호의 사전적 정의를 되찾는다. 스테파니의 죽음 직후 필리프가 보여주는 태도 역시 그 재현이 기껏 '피로스의 승리', 다시 말해 상처뿐인 영광에 지나지 않는다는 점을 보여준다. 스테파니가 기억을 되찾자마자 죽는 그 절정의 장면에 쓰인 용어들이 '파노라마'의 용어들이라는 점은 의미심장하다. 필리프가 연출한 3차원의 광경은 의도적으로 '파노라마'의 캔버스를 지칭하는 2차원 용어인 "화폭"(158쪽)으로 지칭된다. 이는 그 재현이 비록 강렬한 효과를 발휘하지만, 그것은 일종의 전기충격 같은 것일 뿐 현실의 복잡다기한 면모를 입체적으로 재구성할 수 없다는 점을 강하게 암시한다. 실제로 그녀는 재현된 베레지나와 마주치자 마치 소돔을 빠져나오다 뒤를 돌아보는 순간 소금 기둥으로 변한 롯의 아내가 그랬듯 "벼락을 맞은 것처럼 순식간에 축 늘어[진]다."(159쪽) 그 상황에서 그녀는 이해를 한 것이 아니라 충격을 받았을 뿐이다. 치유를 위한 현실 재현은 그녀를 그 현실에 맞서는 주체로 세우기는커녕 그녀에게 베레지나의 참상이 안겼던 공포감과 그 후 낙오병들의 성 노리개로서 겪은 치욕감을 끔찍하게 되살려준다. 스테파니를 사유의 주체로 만들고자 연출한 스펙터클은 그녀를 스펙터클 관객들의 구경거리라는 수동적인 상태로 전락시키며 그녀의 수치심과 공포심을 증폭시켰을 뿐이다. 필리프 역시 스펙터클의 희생자로 암시된다. 그는 자신이 일체의 중개를 거치지 않고 생생하게 옮겨놓았다고 자부한 현실이 하나의 "스펙터클"(160쪽)에 지나지 않는다는 사실을 자인한다. 그리고 소설이 시작되는 사냥터 장면에서부터 전쟁의 트라우마에 시달리는 징후를 보이던 그는 소설의 마지막 장면에서 자신의 머리에 총을 쏘아 자살함으로써 끝내 그 트라우마에 집어삼켜지고 만다. 스펙터클은 다만 연기되었을 뿐인 그와 그의 애인의 죽음을 최종적으로 집행하는 역할을 한 셈이다.

3-4. 『아듀』에는 모두 세 차례의 '재현'이 제시된다. 첫 번째는 여러 화자의 중개를 거쳐 전달되는 말(혹은 글)로 이루어지는 '베레지나 도하' 재현, 두 번째는 필리프의 "거대한 기획"을 통해 시각적으로 재현되는 스펙터클로서의 '베레지나 도하', 그리고 마지막 세 번째로는 그 두 재현을 이야기하는 『아듀』라는 소설 형식으로서의 재현. 그렇다면 앞의 두 재현의 지양이라고 할 수 있을 세 번째 재현, 소설 『아듀』가 담고 있는 의미는 무엇일까? 몇 가지 단상을 덧붙이는 것으로 대답을 대신하기로 하자.

하나. 수전 손택Susan Sontag은 사진의 힘에 대해 언급하며, 문학이 오랫동안 갈망했으나 한 번도 성취해내지 못했던 경지를 사진이 이뤄냈다고 평가하면서도, 사진이 제공하는 충격적인 이미지에는 '창조자'가 있다는 사실, 각 사실은 그 누군가의 관점을 재현할 뿐이라는 사실을 새삼 환기한다(수전 손택, 『타인의 고통』 참조). 이는 우리가 역사적 사실의 기록이라고 여기는 사진에 조작과 연출이 개입할 여지가 다분하다는 지적만은 아니다. 그 말은 그보다 훨씬 더 근원적으로 우리가 순진하게 객관적이라고 여기는 재현의 행위가 절대로 객관적일 수 없다는, 쉽게 잊히는 점을 일깨운다. 손택은 사진이 어떤 사건이나 인물을 소유 가능한 그 무엇으로 변형시킨다고 지적하며 세상의 모든 재현 행위에 내포된 위험성, 곧 타자화의 위험성을 경계한다. '사진'이라는 말을 '파노라마'나 '스펙터클'로 바꾸어도 손택의 진술은 여전히 유효할 것이다.

둘. 『철학 연구』의 한구석을 차지하고 있으면서 "생각하는 사람을 죽이는 생각"이라는 발자크 고유의 독트린을 논증하는 작품이라고 인용되던 짧은 소설 『아듀』는 1974년 피에르 가스카르Pierre Gascar가 서문을 붙이고 패트릭 베르티에Patrick Berthier가 해설을 단 '폴리오 총서' 문고판에 실리면서 일약 문학사에서 선례를 찾을 수 없는 리얼리즘을 구현한 작품으로 주목받게 된다. 그런데 이 찬사는 『아듀』를 격렬한 논쟁 속으로 밀어 넣는다. 이듬해 쇼샤나 펠만이 「여성과 광기: 비평의 오류」라는 글(Shoshana Felamn, "Women and Madness: the critical phallacy", *Diacritics*, vol. V, N° 4, Winter 1975, pp.2-10)에서 가스카르와 베르티에의 해석을 남성중심주의에 입각한 심각한 오독이라고 맹렬하게 비판한 것이다. 펠만은 두 남성 비평가가 세 부분으로 이루어진 이 작품 중 2부(베레지나 도하)에만 의미를 부여하고 여성의 광기를 다룬 1부와 3부를 외면해 이 작품을 '남성의 이야기'로 만들어버렸다고 지적한다. 그 결과 남성 중심의 리얼리즘에 직면한 여성은 비존재로 축소되었다는 것이다. 아울러 펠만은 작중인물인 필리프 역시 남성 중심적 사고에 갇혀 여성을 타자화한다고 지적한다. 필리프는 스테파니를 이해하려는 것이 아니라 스테파니라는 수단을 통해 자신을 인정받고자 할 뿐이라는 것이다. 그 논쟁을 이 자리에서 자세히 옮길 여유는 없지만, 발자크의 『아듀』가 '읽혀야 하지만 읽히지 않는 현실'이라고 할 수 있는 스테파니를 읽히는 존재로 만들고자 한 필리프의 '리얼리즘 기획'이 초래한 비극적 결말을 다루고 있다는 점만은 특기하기로 하자.

셋. 루브르 박물관 '드농관' 2층 75번 방은 주로 나폴레옹 시대의 대표적인 '어용 화가'인 다비드의 그림들로 채워져 있다. 특히, 원래 긴 제목을 가졌지만 간략하게 「나폴레옹 1세의 대관식」이라고 불리는 대형 그림 앞은 언제나 관람객으로 붐빈다. 그 옆 77번 방에는 나폴레옹의 무훈을 소재로 한 그림들과 함께 제리코의 「메두즈호의 뗏목」, 들라크루아의 「민중을 이끄는 자유의 여신」 등이 걸려 있다. 그러나 그두 방을 지나가는 관람객에게 그 많은 그림은 19세기 전반기의 프랑스를 살았던 사람들에 대해 어떤 정보와 인상을 심어줄까? 혹시 그 그림들은 그 배후에 있는 구체적인 삶의 양상들을 가리면서 관람객에게 이미 주입된 개략적인 선입관을 재확인해주고 전쟁이나 위인들에 대한 상투적인 관념을 고착화하지는 않을까? 『아듀』를 읽은 독자라면 그 두방에서 베레지나 강에 띄워진 뗏목의 비극과 스테파니의 운명과 필리프가 연출한 스펙터클을 떠올리며 이른바 '발자크의 리얼리즘'에 대해좀 더 깊게 성찰하는 시간을 가져볼 수도 있을 것이다.